柳屋怪事帖

迷える魂、成仏させます

光村佳宵

目次

柳月神奈
亡くなった父の後を継ぎ、若くして成仏屋の後を継いだ。柳屋と名乗って死者の未練を解消している。
凌木絢緒
神奈の助手で正体は竜の子・睚眦。神奈に対して過保護で、身の回りのことをこなしている。
黒滝陣郎
神奈の助手で正体は黒獅子。守護獣として神奈を守る。世俗に係わってこなかったので世間知らず。

人物紹介
イラスト
toi8
小坂（こさか） 威吹（いぶき）
赤苑高校一年生。何者かに刺殺された。直情型だが、サッカー部に所属していたため、上下関係には従順。
周東（しゅうとう） 未散（みちる）
小坂のクラスメイト。綺麗系美少女で、誰にでも優しく、男女問わずに好かれる。ピアノが得意。

柳屋怪事帖

迷える魂、成仏させます

前口上

一つ、棺桶を設えたなら、墓穴の用意も忘れずに。

壱(いち)

立春をとうに迎え、寒明(かんあ)けの雨が地面を湿らせる頃。しかし、実際に先週降ったのは霙(みぞれ)混じりの雪だった。建物の影や道路の隅で、排気ガスで濁(にご)った雪が小さな氷山を作っている。まして光冴え、星の瞬(また)く音さえ聞こえそうな深夜ともなれば、頬(ほお)を突き刺す空気の冷たさも一段と増すようだ。春の足音はまだまだ遠い。

余寒(よかん)の厳しい公園には当然ながら誰もおらず、時折吹く風にブランコが寂しく軋(きし)んでいた。裸の桜の木は寒さにも慣れた様子で佇(たたず)んでいる。ひょろひょろと背の高い街灯が硬い光で仕事中だ。

「さぁあああ！」

冬の空気を体に取り込むと、キンキンに肺が痛んだ。慌(あわ)てて冷気を吐き出す。

「むい！」

寒いよ！　ともう一つおまけに叫び、柳月神奈(やなづきかんな)は小柄な体を更に丸めて震え上がった。

十代半ばの少女だというのに洒落(しゃれ)っ気もなく、癖のない黒髪は肩の辺りで無造作に垂らしたまま。眉上の前髪は不揃いで、自分で切った失敗を誤魔化し切れていない。どこにでもいそうな少女だが、そのコートの上に着ているのは、紋も刺繍もない黒い羽織という、なかなか風変わりな格好だ。

「冬将軍殿が張り切りすぎか、佐保姫様のおサボりか。お二方とも時候と空気を読んで欲しいなぁ」

「神奈の文句は、春を司る女神への苦情になっても、冬の武官には嬉しい声援にしかなりませんね」

　優しい声音で微かに笑った気配に、神奈はじっとりとした目付きで、隣のグレーのチェスターコートを見上げる。結構な身長差が、更に憎らしい。

「余裕そうだけど、君だって結構寒いんだろう、絢緒」

「お見通しでしたか」

　色素の薄い長めの髪を揺らした二十歳そこそこの青年——凌木絢緒は、驚くでも悪びれるでもなく、顔を綻ばせる。にこやかに微笑む様は、整った顔立ちもあいまって、万人が物腰の柔らかな好青年の印象を受けるに違いない。

「実は、調子に乗っている武官と職務怠慢の女神を纏めて叩きのめしたい衝動に駆られていて、さっきからとても困っていたのです」

　丁寧な口調とは裏腹に、形の良い唇から飛び出したのは、過激極まりない発言だった。

一見すると裏のなさそうな微笑みだが、それがなおのこと、本気でやりかねない気迫を感じさせる。

「爽やかな顔で物騒なことを言わないでくれ。こっちも反応に困るし、感情と台詞と表情、統一したらどうかな」

「心に留めておきますね」

神奈の言葉に生真面目な様子で頷く絢緒は、だが絶対実行などしないだろう。

ますますじっとりした目付きになる神奈をよそに、絢緒はふと、己の首から臙脂のマフラーを引き抜いた。屈んで、神奈の首にくるくると巻き付ける。

散々騒いだものの、非があるのは防寒対策の甘い己だ。断ろうと、神奈はマフラーを掴んだが、しなやかな指が許さなかった。帰ったらノンカフェインの葉で温かいミルクティーを用意しましょうね、それともホットミルクでしょうか、と絢緒が有無を言わせない笑顔でマフラーを整えてしまう。危険な台詞を吐いた人物とは、到底思えない手付きだった。

「ま、神奈の『寒い』はまだ可愛いものです。あれはどちらかと言えば『ひもじい』らしいですから」

あれ、と赤味がかった瞳の示した先は、水色の塗装があちこち剥げた滑り台。その踊り場にはもう一人、モッズコートの男がいた。

　黒髪を短く刈り込んだ長身で、前を開けたコートからは、服の上からでも分かるほどの引き締まった体躯が覗いている。年の頃は絢緒とそう変わらない彼――黒滝陣郎は、童心に返ってはしゃいでいるのではない。抜き身の刀のような金の眼光を、周辺一帯に走らせている。辺りの様子を探っているのだ。視覚だけに頼ることなく、耳殻の尖った特徴的な耳も、頻りにそばだてていた。

　不意に、陣郎が顎を上向かせ、鼻をすんすんとひくつかせた。その途端、がっくりと筋肉質の肩を落とした。遠目にも分かるほどの落胆ぶりだ。

「東の三ブロック先に屋台のおでん、南の駐車場にはラーメン屋。ああクソ、腹が減った！」

「君の鼻と胃袋、働きすぎじゃないかな」

　今なら間違いなく睡眠欲を主張したい神奈は、しょぼしょぼした目で呆れてみせた。陣郎の食欲には、いっそのこと感動すら覚える。

　防護柵に片足を掛けて、ひょい、と身軽に飛び降りた陣郎が、こちらに向かって来る。その凶相に凄味が増しているのは、空腹のせいだろう。

「おい、明日の、もう今日か。とにかく、朝飯は何だ？　ちなみに俺はガッツリでもいけるぞ。それから、雑魚が寄って来ているだけで、この辺りに異常はねぇよ」

「偵察をついでにこなしておきながら自己主張は一丁前ですか、この腹減らし。偉そうにほざくくらいなら、いっそ餓死でもして下さい」

この寒さに勝るとも劣らない冷たい毒を吐きながら、絢緒がにっこりと笑う。彼の慇懃無礼な言動は、同僚であろうと容赦がない。

「肉まん、餡まん、おまけに焼き芋をさっき平らげたくせに、燃費が悪いにもほどがあるでしょう、この駄犬。流行のエコカーを見習いなさい」

「悪かったな、低燃費じゃなくて！　大体他人のことを言えた口かよ！　食わなきゃ人間に化けていられねぇのは、てめぇもだろーが！」

「さらっと正体がバレそうなことを叫ぶんじゃない」

やれやれ、と神奈は嘆息する。

そう。絢緒も陣郎も人に『化けて』いるのだ。

狐狸に化かされ、鬼が人を喰うといわれていた昔。身の内の澱も夜の暗がりも、人間は恐れ、それに付け込んだ魑魅魍魎が跋扈していた時代があった。しかし日進月歩の文明の世では、人間の闇は日々変容し、昼も夜もない。棲み処を失った彼らは、残った僅かばかりの暗闇に縋るか、露と消えてしまうか。あるいは、人間社会に紛れて生活していくしかない。

いかにも温柔敦厚とした絢緒だが、その正体は、竜の子の一頭である睚眦。極悪人面の陣郎もまた人ではなく、黒い獅子だ。

人間を装ってはいるものの、二人は世紀単位の齢を経た妖なのだ。

「陣郎が冬の醍醐味を堪能していて何よりだよ。ああ、そうだ」

吐いた息が一層白く曇り、すぅ、と神奈の背中を冷たいものが走る。絢緒と陣郎が顔を上げるのと、羽織を捌いて神奈が振り返ったのは、ほぼ同時だった。

「――君は何が好きかな、小坂威吹君」

三人の視線の先には、先刻まで影さえなかった人物がいた。

点滅を始めた街灯の足元に、茶のピーコートの背中がぽつりと立っている。そこから伸びたスラックスの柄は、二駅向こうの私立高校のものだ。スニーカーの足元に視線を落としていた横顔が、のろのろと上がる。幼さを残した青年の顔立ちは、きっと日に焼けていただろう。今は血の気が失せ切っている。ぐるん、と音がしそうな勢いで首だけを巡らせて、彼は振り返る。

「オレを、呼んだか？」

ざらざらに掠れた声だった。裂けんばかりに見開かれた目は血走って濁り、小さくなった瞳孔がぐるぐると目まぐるしく虚ろに揺れている。神奈がその有り様を目にした途端、彼――小坂威吹の姿が文字通り消えた。

まるで最初からそこにいなかったように、忽然と雲散霧消したのだ。

「アンタ、オレを呼んだよなぁあ!?」

「！」

瞬き一つする間もなかった。腹の底から絞り出すような咆哮に襲われる。前触れなく姿を現した威吹が、神奈の眼前に迫っていた。

「オレが見えるのかアンタ⁉　見えるよな⁉　見えるんだよな⁉」

今にも掴み掛からんばかりに詰め寄られ、威吹の罅割れた唇からは怒涛の詰問が飛び出す。収斂した二つの瞳には、驚愕と猜疑と縋るような期待がぎちぎちに詰まっていた。

迸った絶叫に不意を突かれ、鼓膜をつんざかれた神奈の気が遠くなる。その隙を逃さず、粗暴な手が伸びるが、それより早く、横から伸びて来た腕が神奈を攫った。

「下がって下さい」

踏鞴を踏む神奈の目の前には広い背中。絢緒は自身の背へ庇うと、威吹から視線を外すことのないまま、冷静な声で呼びかけた。

「小坂威吹さん、落ち着いて下さい」

「何だよ、アンタ！　邪魔すんじゃねぇよ！」

「混乱するのは分かりますが、女性に対していきなりその態度は感心しません」

「うるっせぇな！　邪魔すんなよ！　ちょっと話すくらい、どうってことねーじゃんか！」

威吹が唾を飛ばして怒鳴るものの、拳一個分は上にある助手の顔には、動揺のどの字もない。その様子が、威吹の激高に拍車をかける。感情が先走るのか、頭を掻き毟る様は、まるで癇癪を起こした子供のようで、そのうち地団駄を踏みそうだ。

「アンタには絶対分からねーだろ！　誰一人オレが見えない！　声だって聞こえなかった！　何日も何日も誰にも気付いてもらえないって、アンタに想像できるか⁉　オレの気持ちが分かるのかよ⁉」

「拗らせた思春期みたいになっているぞ」

威吹の頭には相当血が上っているらしく、目の前の助手にも知覚されていることに気付いていない。どうするんだ、コレ、と陣郎が面倒臭そうな一瞥を寄越す。首を振って肩を竦める神奈も、似たような顔で答えるしかない。

爆発した感情も出し切れば収束するだろう。下手に抑え込むより吐き出させた方が、ストレスの発散として、威吹には良いかも知れない。何より、止めるのが面倒臭い。

しかし、視えて話せる相手に興奮しているのか、威吹は突っ走ったまま。平常心を置き去りにして戻って来ない。

マフラーを巻き直し、庇護している絢緒の横から、神奈はひょっこり顔を出す。

「ちょっとは落ち着いてくれないかな。話ができない」

「これが落ち着いていられるか！　とにかく、そこを——うぎゃあ⁉」

間抜けな悲鳴とともに、威吹が神奈の視界から消えた。後ろを振り返ると、ピーコートの背中が、車に轢かれた蛙よろしく、地べたにうつ伏せで張り付いている。

　その後ろ頭に、絢緒と神奈は揃って嘆息を落とした。

「だから申しましたのに」

「あーらら」

　いきり立った威吹は、立ちはだかった助手を押し退けようと、体当たりを仕掛けたのだ。しかし、思い付きの実力行使は、当然のように失敗。勢いを付けすぎたのか、顔面から地面に飛び込むようにすっ転び、今は冷たい地べたに熱烈な口付け中だ。

　神奈は勿論、諫めていた助手が何かしたのではない。何もしていなかった。威吹の体は、庇われていた神奈の体ごと、絢緒をすり抜けたのだ。

　慌てて立ち上がった当の本人は、顔や肩を頻りに触っては自分の体を確かめている。暫くそうした後、へなへなとその場に座り込んで、愕然と呟いた。

「いっ……たく、ない。何で？　それに今……！」

「そりゃ、君は死んでいるからさ」

「――……は……？　は？　はあ？」

　神奈が簡潔に答えれば、呆気に取られた顔の威吹は、バリエーション豊かに一文字を繰り返す。それも束の間、ふと我に返ると、不快と苛立ちであからさまに顔を顰めた。

「アンタ、何言ってるんだ？　ちょっとコケたくらいで、冗談にしちゃ、タチが悪いぞ。

全ッ然面白くねぇし」

「それは失礼。でも、君が死んでいるのは本当なんだよ」

絢緒の背中から出ると、神奈は威吹の顔を覗き込んだ。精一杯睨(にら)み付けて来る目の奥が、ほんの小さく揺れている。

「君も気付いただろう？　さっき、君は絢緒とボクの体をすり抜けた。地面にぶつかったのに、痛くないとも言ったね。それどころか、地面の感触もなかったんじゃないかな。肉体のない君に、接触は不可能なんだよ」

「オレの、体……」

不意に、威吹は自分の掌(てのひら)を胸の真ん中に押し当てた。その下には、盛んに脈打つ真っ赤な臓器があるはずなのだ。

噛んで含めるように、神奈は続ける。

「思い出してごらんよ。威吹君は我を忘れるくらい、死者の体を体験しているじゃないか。散々喚(わめ)いていただろう、誰も見てくれない、聞いてくれない、って。中には目が合ったような気がした人もいただろうけど、結局無視されちゃったんじゃない？　それとも一人くらい、君と話してくれたかな」

「ハ！　アンタ、オレを馬鹿(ばか)にしてるだろ」

頬を強張(こわば)らせながらも、威吹は鼻で笑った。

「アンタ達は今！　オレと話しているじゃんか。アンタ達も死んでいるのかよ？　違うだろ？　だったら、オレは死んでなんか……」

「確かに、ボク達には死んでいる君が丸視えだし、話もできる。でもそれは、ボクが生れつき、ちょっと特殊な目と体質なのが理由だよ。君が死者であることは変わらないのさ」

羽織の裾を捌いて、神奈はその場に屈んだ。お互いの目が見えれば、少しは話しやすいだろうか。うっすらと霜を張る地面が近くなった分、冷気が這い上がって来るようだ。

突然距離を縮められて、威吹は気恥ずかしそうだ。それには構わず、神奈はにこりと、笑顔を向ける。

「改めまして、今晩は。そして、初めまして。来るのが遅くなって申し訳ない。ボクは柳の成仏屋、柳月神奈と申します」

「じょうぶつ、や……？」

覚え立ての言葉を口にする子供のように、威吹は拙く繰り返す。

「そう。略して柳屋とも呼ばれているよ。後ろの二人はボクの助手で、絢緒と陣郎」

神奈が見上げて示せば、軽く頭を下げたり目で応えたりと、助手達はそれぞれ挨拶する。つられて頭を下げている威吹は、元は素直な性格なのだろう。

「ボク達は確かに君が視えているけれど、威吹君と同じじゃない。今の君は普通の人間には視えない。幽霊と言えば分かるかな。死後は、想念だの思念だのの世界なんだって。君みたいに死んだ時の姿が基本だけど、子供の頃や若い時とか、それぞれ思い入れの強い格好で現れるんだ。損傷や怪我があれば、それが再現されることもある」

「……怪我……？」

ぼんやりしていた威吹の目に光が走った。閃(ひらめ)くものがあったらしい。

しかし、それも束の間。驚愕の叫びが威吹の正気を吹き消してしまった。

神奈が見ると、ピーコートの左脇腹に、ぽつり、と親指ほどの黒い染みが浮かんでいた。染み出た黒は、忽(たちま)ちに広がっていく。

威吹はもどかしそうな手付きで釦(ボタン)を外し、慌ててピーコートを脱ぎ捨てた。制服のブレザーがぐっしょりと濡れている。血だ。真っ赤な血が噴き出していた。

彼の手が力一杯に腹を押さえ付けるものの、溢(あふ)れ出る血に止まる気配はない。

「そうだ怪我じゃなくてそうじゃなくて、でも血が、そう血が、血でオレ、確か……！」

滅茶苦茶な台詞は、助けを乞うことはなく、威吹は思い付くまま言葉を並べているだけのようだ。地面に尻を擦り付けたまま、必死に手足をばたつかせている。ぎょろぎょろと動き回る目は、焦点が合っていない。

「オ、オレ、死んじゃった！　ど、どう、どうしようどうしよう！　どうしたら、どうすれば良いんだ⁉　やりたいことも、やらなきゃいけないことだってあるのに！」

「思い出したのは良いけど、しっかりしてくれ、小坂威吹く、ぃ痛ぁ！」

我に返らせようとしたところで、神奈が素っ頓狂な声を上げた。頭を抱えて、その場に膝を突く。

頭蓋骨の内側で金属を打ち鳴らしているようだ。鼓膜を突き破るような耳鳴りに声も出せずにいると、すかさず絢緒の腕が抱え上げてくれた。

これだから過敏な体質は厄介だ。自分と相手の意思に関係なく、影響を受けやすい。

その間も何事か喚き立てる威吹の腹からは、大量の出血が続いている。彼の地雷の踏み方を間違えたか、と神奈が内心で舌打ちをしかけたところで、隣から本物の舌打ちが聞こえた。

陣郎だ。眉間に太く深い皺を刻んだ三白眼は、極悪人以外の何物でもない。この凶相、腹ペコ具合で変動するのだが、今は普段の二割増しだ。威吹の真正面から目を合わせるべく、股を開いて腰を落とした格好が、妙に堂に入っている。

「一人で盛り上がっているところ、悪ィけどよ。取り敢えずてめぇ、落ち着けよ」

「ひぃッ！」

再び錯乱の火が点いた威吹を、恫喝の声があっさり鎮火した。短い悲鳴を上げて飛び上がる彼に、陣郎が顎をしゃくって促す。

「それから、さっさと立て。ギャースカ騒ぐんじゃねぇぞ。塵屑共が寄って来て、うぜぇ」

「は、はいぃ！　すんませんでしたッ！」

「体育会系縦社会で鍛えられたと思われる、良いお返事ですね」

バネのように飛び上がった威吹が、背中に物差しでも突っ込まれたようなきをつけの姿勢を披露する。見事な条件反射に感心しているのは絢緒だ。

意図せず己の強面（こわもて）ぶりを発揮した助手は、立ち上がるや否（いな）や、桜の幹の向こうへと、金の眼光を飛ばした。唇の間からは、地響きのような唸（うな）り声と共に、鋭い犬歯が覗いている。

陣郎の恐ろしい顔付きは自前だが、その威嚇（いかく）相手は、目の前の縮こまった高校生ではない。彼の言うところの塵屑共が、威吹の混乱に乗じてちょっかいを出そうとしたらしい。

この場でこの世のものではないのは、何も小坂威吹だけではないのだ。

「小坂威吹君、落ち着いたかな」

脇腹の痛みと話を聞ける心境。神奈は眉間に拳を押し当てて、耳鳴りをやり過ごしながら、その両方を尋ねた。

威吹はこくり、と小さく頷き、そっと脇腹から手を放す。ブレザーに広がっていた濁った赤い跡は、跡形もなく消えていた。手を汚した血も、潮が引くように、するすると袖（そで）の中に引き返していく。それが威吹の心に決定打を与えたらしい。

「あんなに、痛かったのに。……オレ、本当に、死んじゃったんだな……」

冷たい空気の中、小さく零した言葉は、ぽとり、と落ちた。

それから唇を引き結び、威吹は意を決したように顔を上げると、勢い良く頭を下げた。部活仕込みと思われる折り目正しい九十度の謝罪だ。

「あ、あの、すいませんでした！　オレ、取り乱しちゃって。助手さん達にも、ご迷惑をお掛けしました」

「こっちは慣れてるからよ、気にするな」

「むしろ、まだまだ可愛げのある方です」

半(なか)ば自棄(やけ)のように声を張り上げたのは、己への鼓舞(こぶ)でもあったらしい。毒気を抜かれる神奈をよそに、陣郎が頷き、絢緒は鷹揚(おうよう)に応じる。世紀単位のご長寿である彼らにすれば、恐慌を来(きた)した男子高校生など、愚図(ぐず)る赤子と変わらないのだろう。

擦り合わせた両手に息を吐き掛け、さて、と神奈は仕切り直す。

「小坂威吹君。君は成仏って知っているかな」

「何だよ、いきなり。あれだろ？　死んだ人があの世に逝(ゆ)くことだろ？」

「ピンポーン」

正解の効果音で返すも、質問の意図が分からない威吹は怪訝そうなままだ。

生あるもの、必ず命尽きる。勿論、人間もその定めの中にいる。

しかし、死んだ人間が、押し並(な)べて大人しく彼岸へ渡れるのではない。突然の病に倒れ、臨終に家族と会えなかったもの。事故や事件に巻き込まれて、無念にも命を落とすもの。

様々な事情で生まれる執着や心配、未練があるために、この世に留まってしまう幽霊となってしまう場合がある。

幽霊画のように足がなかったり、歌舞伎のような死に装束だったりはないが――少なくとも神奈は、お目に掛かれたことはない――彼らは大抵、生前の姿で現れる。中には、死んだ自覚がないまま、生前の日常を繰り返そうとするものや、今際(いまわ)の際(きわ)の衝撃で己の正体を失念してしまうもの、あの世からのお迎えを拒否する強者もいる。そんな彼らの心残りを解消、時には説得して、あの世へと成仏させる手伝いをする。それが柳屋の生業(なりわい)だった。

「人間は、死んでからあの世へのお迎えが来るまでの四十九日間、この世に留まるといわれている。ところがどっこい、今の威吹君のように、訳あって、四十九日後もこの世に留まる死者もいる。そんな幽霊を見つけて、あの世へ逝くよう説得するのが、成仏屋の仕事なのさ」

ここまでは良いかな、と神奈が尋ねれば、威吹は自信がなさそうに頷く。

「何となくだけど、多分、分かった。アンタ達にオレが視えているのは、成仏屋とその助手だからなのか?」

「いいや。ボクは見鬼(けんき)と呼ばれる、ちょっと目が良すぎるただの人間さ。この世に存在するはずがないもの、見えるはずがないもの、そんな色んなものが視えてしまう。大雑把に言うなら、ボクの能力で見鬼じゃない助手達にも今、君が視えているんだ」

助手達を示すと、陣郎は肩を竦め、絢緒は苦笑する。

「そんなこと言ったって、普通の人間に死者なんぞ視えるはずもねぇからな。今も傍目からすりゃ、俺達は誰もいない場所に話しかけている間抜けだけどよ」

「不審者通報もしょっちゅうです。その時は、三十六計逃げるに如かず、ですが」

「は、はあ、大変っすね」

反応に困った様子で、威吹はそう返す。それから、気まずそうに尋ねた。

「あのさ、アンタ達は何でオレを知っているんだ？　もし生きている時の知り合いなら、申し訳ないなって、思うんだけど」

「それは杞憂だ。ボク達が君を知っているのは獄卒の紹介だからね。獄卒っていうのは、地獄の鬼のことだよ」

「ちょっと待て！　オレってば、地獄に連れて行かれるほど、悪いことをしちゃったの⁉」

音が聞こえそうな勢いで威吹の顔から血の気が失せた。ただでさえ死人の顔色だったのに、輪を掛けて蒼褪めている。

驚かせたかと、神奈は苦笑しながら指先で頬を掻いた。

人の命が尽きた時、地獄から三人の獄卒が迎えに来る。彼らは肉体から魂、生命力を奪い、体を腐敗させた後、あの世へと連れて行くのが仕事だ。

「イメージとしては死神が近いかな。ただし、来るのは黒衣を纏った髑髏じゃなくて、角の生えた公務員だけど。仕事も、適当に振り回した大鎌で魂を刈り取るんじゃなく、死者を迷子にしないための、あの世への水先案内だ。でも、威吹君みたいに、死者に心当たりがないと、彼らの上司に当たる上級獄卒の判断でボク達に丸投げ、もとい依頼が来る。そこで必要になるのが、……あれ？　どこだっけ？」

言いながら、神奈は羽織の裾を振ったりコートのポケットを探ったりと忙しない。威吹が怪訝そうにする中、絢緒が自身のコートの懐に手を突っ込んだ。首を傾げる神奈の目の前に、取り出した黒い紙を差し出す。想定内です、と言わんばかりに助手は笑顔だった。

大丈夫かよ、ともう一人の助手の呆れた声は、神奈は聞かなかったことにする。

一見すると細長い黒い紙だが、実は墨色の和封筒だった。切手は貼られておらず、消印どころか宛名も差出人の名もない。端を切られているせいで、辛うじて封筒だと分かるだけだ。

「そこで必要になるのが、この封筒さ」

当て付けと面倒ついでに、神奈は探し物を持った絢緒の手首を豪快に掴み、そのまま威吹に翳すように見せる。

「不幸の手紙みたいだけど、死者の生前の記録なんだ。獄卒の依頼を引き受ける時、人違いならぬ幽霊違いをしないように、ね」

「……それには、オレを刺した犯人の名前って、書かれてるのか？」

黒い封筒を見つめたまま、威吹が小さく尋ねた。左の脇腹に押し当てられた手が、コートの生地を握り締めている。

「オレ多分、誰かに刺されたんだ。あ、いや、はっきりと覚えている訳じゃないんだけど。なあ、犯人は捕まったのか？　まさか、オレの知っているヤツってことはないよな？」

「いいや。ああ、今のは、前半の回答だよ」

神奈は生真面目に答えた。

威吹の脇腹の傷は、犯人が馬乗りになって負わせた致命傷だ。忘れているだけで、実際は他にも切り付けられ、滅多（めった）刺しにされた傷が二十箇所以上にも及んでいる。

「残念ながら犯人はまだ捕まらず、目下警察が捜査中。だから後半の回答は、『分からない』だ」

「そっ、か……」

威吹は気落ちした様子で、そうなんだ、と肩を落とす。しかし突然、思い付いたように勢い良く顔を上げた。

「ち、ちなみにどれくらい、アンタ達はオレのこと、知っているの？」

絶賛思春期中の身では、露見されたくない事柄だらけだろう。口の端を引き攣らせ、恐る恐る尋ねる彼に答えたのは、黒い封筒を丁寧な手付きでコートに仕舞う絢緒だ。

「一通りの経歴や家族構成、死んだ理由が主です。小坂威吹さん、男性、赤苑高校一年生、享年十六歳、サッカー部に所属だと、この封書にありました。プライバシーの侵害、個人情報の流出だと言われると否定できませんが、私達が口外することはありませんので、ご心配なさらず」

そもそも、と神奈も付け加える。

「ボク達に与えられる君の情報は必要最低限だ。小学生からやっているサッカーのせいで自分が短足のような気がしていたとか、部活のせいで女子に臭いって言われたらどうしよう、って実は気にしていたとか。これくらいのおまけがあるくらいだよ」

「早速オレの個人情報が垂れ流されてるんだけど！　って、違う！　違うから！　そんなこと、思っていなかったから！」

うっかり肯定していることに気付いて、威吹は必死に打ち消しを繰り返す。しかし、赤い顔では説得力もない。一方、爆弾を投下した涼しい顔の張本人は、顔の近くで指を揃えた右手を立てた。

「何か、ごめんね。冗談だったんだけど、当たっちゃった？」

「せめて、それらしい顔で謝れ！　こちとら死んでも繊細なお年頃なんだよ！」

憎たらしく雑な謝罪をする神奈に、羞恥心を爆発させた威吹が食ってかかった。ガキがガキで遊ぶなよ、とは陣郎の台詞だ。

「あ、そうだ、威吹君」

「何だよ！　アンタ、もう余計なことは言うなよ」

「それはまた今度ね。ところで君、どうしてここにいるの？」

明日の天気は晴れかな、と呟くのと同じ軽さで、神奈は尋ねた。出し抜けの質問に、威吹が呆気に取られる。

「どうして、って……」

「獄卒の封書には経歴や事実はあっても、それに関する理由も根拠も書かれていないんだ。だから、君がここにいる訳を、ボクは知りたい」

「そんなの、知らねーよ！　オレは気付いたらここにいて、それで……！」

あからさまに狼狽える威吹は、それを隠そうとするように声を張り上げた。ちら、と牽制役の陣郎に視線が泳ぐ辺り、まだ冷静さを失っていない。しかし、盛んに短く呼吸を繰り返しているようでは、それも切っ掛けと時間の問題だろう。

威吹の掌がブレザーの上から脇腹を叩く。

「オレが死んだのは、これが原因だ！　オレは誰かに刺された！　多分、こ、ころ、殺されたんだ……！」

ぶつけられた怒鳴り声は悲鳴のようだ。

それを喜んだ薄っぺらな気配に、陣郎の獣じみた一喝が轟く。神奈の羽織の裾に這い寄ろうとしたモノは、絢緒が容赦なく踏み潰した。

威吹の苛立つ瞳の中に否定を欲する光を見付けた神奈は、しかし、そうだよ、と静かに首肯する。

獄卒の封書を思い出す。

クリスマスと年末で世間が浮き足立つ頃。小坂威吹は帰宅途中、何者かに刺されて、失血死した。

「なあ、柳屋！　犯人はまだ捕まっていないんだろ？　なら、それが俺の心残りだ！　犯人を捕まえてくれよ！　見付けて、オレに教えてくれるだけでも良い！　そうすれば──」

「そうすれば、自分と同じ目に遭わせてやる、って？」

「ッ！」

続く台詞を奪われて、威吹は息を呑む。跳ね上がった肩が図星を示していた。

神奈は構うことなく、畳みかける。

「君も身をもって分かっているだろう？　生きている普通の人間は、君が視えない。触れられない。犯人を連れて来たところで、君が直接制裁を加えることは、ほぼ不可能だ。仮にできたとして、生者に手を出した死者の末路は悲惨極まりない。理不尽に殺された上、更に自分で自分を追い込むことはしない方が良いよ」

「でも！　でもアンタ達、成仏させてくれるんだろ⁉　オレの代わりに……！」

「ボク達に犯人を殺せ、とでも？　柳屋は殺人代行まで請け負わない。自分で自分の仕事を作ったら本末転倒だ。そもそも、他ならぬ幽霊の君が、それを言うの？」

当たり前に続くと思っていた日常も命も、誰かの手によって、理不尽にも刈り取られてしまった。いまだこの世に留まる彼が、その心境を一番理解しているのだ。

畜生、と威吹は血が滲む唇で吐き捨てた。握り込んだ拳が震えている。気持ちを抑えようと必死に繰り返す呼吸で、肩が激しく上下していた。今まで睨み付けていた目を力一杯見張って、水の膜が張るのを堪えている。しかし、耐え切れずに、顔を俯かせてしまった。

「ねぇ、威吹君」

威吹の呼吸が整った頃、神奈が静かに呼びかけた。労るようでもなければ、宥めるようでもない。雪が降る夜のような静かな声だった。

「もう一度、聞くよ。君はどうして、ここにいるの？」

こっそり顔を拭おうとしていた威吹の動きが、ぴたりと止まった。

「四十九日の間の死者は大抵、生前、心穏やかに暮らしていた場所、家族や想い人のそばにいることが多い。ボク達が君を見付けられたのは、ご近所の噂からだ。この公園で、高校生の幽霊が出るって話だった。君は、家族のいる自宅や刺された病院にもいなかった。なのに、自宅からも学校からも遠くて、関係のなさそうなこの公園でフラフラしている。どうしてここにいるの？　理由を教えてくれないかな」

「し、知らねーよ！　気付いたらオレ、ここにいて、それで……！」

面食らったように、威吹の足が半歩引き下がる。まだ水気を含んでいる瞳が頼りなく揺れているが、神奈の追及はやまない。

「君は何を、隠しているの？」

「は、はぁ？　何、言って、るんだよ……」

全身を硬直させた彼は、ぎこちなく口を動かす。狼狽（ろうばい）を悟られまいとしたせいか、何とか絞り出した言葉に覇気（はき）はなく、笑おうとして押し上げた口角が引き攣っている。表情が台詞に追い付いていない。

神奈は、そんな威吹を静かに見ていた。

「ボク達が君の生前の記録を知っていると知った時、君に落ち着きがなくなった。元からそんなになかったけど。ここにいる理由を尋ねた時も、君は動揺していた。言いたくない何かがあるんじゃない？　多分、威吹君の心残りと関係が」

「ねーよ、そんなもん！　つーか、騒がしくて悪かったな！」

皆まで言わせずに否定した威吹は、何とか勢いだけは取り戻したらしい。対する神奈は、ふーん、と気のない相槌（あいづち）。先刻の詰問から一転した態度に焦（あせ）ったのか、威吹の舌が鈍いながらも弁解を繰り出す。

「動揺なんかしてねーし！　アンタの気のせいだ！　俺を殺した犯人を見付けること以外の心残りがあるなら、とっくにそう言ってるだろ！」

「そうかな」

「そーだよ！　オレが視えるのも成仏させられるのも、アンタ達だけなんだから、オレが協力するのは当然だろ！　けど、何も知らねーんだから、仕方ねーじゃんか！　か、隠してもいねーぞ！」

半ば自棄で威吹は断言する。神奈は成程（なるほど）、と返しただけで、ひらりと羽織の裾を翻（ひるがえ）した。

爪先の向かう先は、公園の出入り口だ。

「おい、柳屋⁉」

「帰るよ」

戸惑う威吹を尻目に、神奈は振り返りもせず、そう返す。その間も歩みを緩めない。

「君自身がそう言うんだから仕方ない。ボク達も寒いし眠い。また来るから、その時までに人殺し以外の心残りを探しておいて」

「失礼致します」

「じゃーな」

欠伸（あくび）を噛み殺しつつ、ひらひらと後ろ手を振る神奈に続き、絢緒が綺麗に頭を下げ、軽く手を上げた陣郎がさっさと後を追う。背を向けた三人との距離が自分より出入り口に近くなったところで、唖然としていた威吹は慌てた。

「ほ、本当に帰るのか⁉　次はいつ来るんだ⁉」

大声で潔白を訴えた手前、引き留めるには躊躇いがあるらしい。威吹の焦った声だけが縋って来る。しかし、さぁ、と首を傾げる神奈の足取りに迷いはなく、振り向きもしない。

「これでもボク達、結構忙しいんだ。まず眠い。とにかく眠い。頗る眠い。温かいお布団が両手を広げてボク達を待っているんだ。陣郎なんて、こんな時間なのに、お腹の虫が大合唱して、調子に乗った暴走族みたいな爆音をかましちゃっているしさ」

「そりゃあ悪かったな」

「さっきからうるさいのはそれか！　あのさ、柳屋！　いや、柳屋さん！　聞きたいことがあるんだけど！」

気のない態度の陣郎に叫んだ後、威吹は大声で呼びかけた。意味深長な台詞で気を引こうとしたらしい。しかし、対する神奈は歯牙にもかけない。

「あ、我が家の朝御飯の献立は、ボクには分からないよ。うちの食事は全て絢緒任せでね。食を司る御食津神様が欣喜雀躍する腕前なんだ」

「お褒め頂き光栄至極です」

「さっきから仲良いな、アンタら！　つか、メシの話じゃねーよ！」

追い駆けようと踏み出す威吹だが、三歩目で諦めてしまう。それから覚悟を決めたように、羽織の背中へ叫んだ。

「柳屋！　呪いって、本当にあるのか⁉」

「何だって？」

突飛な単語を聞いて、ぴたり、と神奈が足を止めた。胡乱な目で発言元を振り返る。同じく対峙する助手二人も訝しげだ。しかし、彼らの視線の先の威吹には、引き留められたことを得意がる気配はない。ぐっと、唇を真一文字に引き結んでいる。言わざるを得なかったことに苛立ちを感じているらしい。

威吹は、徐に再び口を開くと、先刻の質問を繰り返した。

「誰かを呪うことって、本当にできるのか？」

「できるよ」

神奈の即答に、威吹が息を呑む。

「呪いが存在するのかと聞いたつもりなら、あるよ。環境、条件、方法にもよるけどね。君は誰かに呪われていたとでも言うのかな、小坂威吹君」

呪われたせいで、誰かに刺された、などと、突拍子もないことを言うつもりだろうか。嘘か真かは別にして、威吹の言い分を正確に汲み取りたかった。

神奈が水を向けるも、彼はゆるゆると首を振るだけ。説明が上手くできない。そんな顔だった。そしてまた、口を開く。

「誰かを呪ったら、自分も呪ったことになるって、聞いたことがある。本当、なのか……？」

「『人を呪わば穴二つ』って、知っているかな。誰かの墓穴を用意すれば、同じく自分の墓穴も用意することになるんだよ。君は、呪いをかけられたんじゃなくて、かけた方か。――……君が隠したかったのは、そのことなんだね？」

沈黙が肯定だった。観念したように、威吹は項垂れる。羞恥や憤懣の様子はない。精悍な顔つきを塗り潰しているのは後悔と焦燥、そして幾許かの安堵だった。

神奈は質問を重ねる。

「どうやって呪ったの？　ヒトガタを使った？　それとも、相手の髪の毛や爪を用意したのかな」

一言で、呪い、あるいは呪詛、といっても多種多様だ。一高校生が本格的な呪術に手を出せるとは思えない。しかし、部屋で寝転がりながら、即時に地球の裏側を垣間見ることができる時代。インターネットなどで、やり方を知ったのかも知れない。一種の戯れの延長のようなものだろうか。

しかし、威吹の回答は神奈の予想外だった。

「……えま、だ」

ぽつり、と威吹は答えて、顔を上げた。寒さを感じるはずもないのに、微かにその体が震えていた。

「絵馬を書いたんだ。それで、神社に……」

「えま、って、絵馬か」

神奈の頭の中で、適当な漢字が引き当てられる。願いや祈りを木の板に書いて、神社や寺に奉納する、あの絵馬だ。

「どこの神社？ 君が呪おうとした相手は誰かな」

「誰かを呪うなんて、まさかオレが、本当に実行するなんて、思いもしなかった」

聞こえていないのか、威吹は質問に答えない。気まずそうに視線を地面に落としている。

「自分でも卑怯で、情けねぇな、って分かっているんだ。今なら、いや、今だって、練習不足の自分が悪かったんだって思う。だけど、レギュラーを外されて自棄になった。気が晴れる、って聞いたから、絵馬を書いて、掛けた。それだけだったのに。――なあ、柳屋！ 教えてくれよ！」

叫んだ威吹は、取り縋るように神奈を見た。

「オレが絵馬を掛けたから、だから刺されて、オレは死んだのか……!?」

「それは、――待って、威吹君！」

神奈の制止の声は間に合わなかった。威吹のがっしりした肩が蝋燭の炎のように揺らめいたかと思うと、その姿は呆気なく消えてしまった。まるで、どんな返答でも耐えられない、と言いたそうな去り方だった。

　深夜の公園の中を、寒風が通り抜けて行った。

　「おい、どうするんだ？」

　帰るのか、探すのか。それとも、待つのか。辺りの気配を窺いながら、陣郎が簡潔に尋ねる。

　どうでも良いが、この助手の顔が空腹のあまり、その辺りでひと一人、ちょっとブチの
めして来ました、といってても通じるほどの極悪人面になっている。

　細く息を吐き出した後、否、と神奈は首を振った。

「あの様子だと、今日はもう現れないだろうし、出直そう。今度は本当に」

「先程も本気だったでしょうに」

「さて、どうかな」

　くすり、と微笑む絢緒の指摘に、神奈は肩を竦めてはぐらかす。

　頭の赤色灯をくるくると回転させて、警邏中のパトカーが公園前の道を走り去った。赤
いテールランプが、まるで火の玉のようだった。

弐（に）

翌朝。というのは神奈の感覚で、時計の針が示す時間は昼に近い。

窓の少ないマンションの六階では採光が弱く、体内時計も狂いがちだ。専門家が鼻で笑いそうな理屈で、再び目を閉じようとする神奈の鼻孔を、キッチンから漂う出汁の匂いが容赦なく擽（くすぐ）った。フライパンで油が弾け、何かを炒めている音も聞こえる。

寝返りを打った神奈だが、結局のそのそと布団から這い出ることにした。ハイネックにパーカーを引っかけただけの格好で、布団を恋しがる体を引き摺り、彷徨（さまよ）う亡霊の如くふらふらとダイニングテーブルの指定席によじ登る。

なけなしの社会性で寝乱れた髪を手櫛で整えるも、死人のような顔色と目の下の色素沈着（ちんちゃく）で台無しだ。先刻から体のエンジンを掛けているのだが、持ち前の低血圧と昨夜の仕事のせいで、モーターが空回りしている。

これでも大分マシなのだ。普段は起こしに来た者に揺さぶられようが、耳元で喚かれようが、枕元でサンバを踊られようが、死んだように眠り続けるのだから。

「大丈夫ですか？　相変わらず鬼気迫る様子ですね」

神奈がテーブルを覆うように突っ伏していると、手元に湯気が立つマグカップを置かれた。横向けた顔で視線だけを上げれば、黒いエプロンを身に着けた絢緒が立っている。お早うございます、と彼は爽やかに挨拶した。

「申し訳ありません。もう少しゆっくりして頂きたいのですが、私の予定が……」

目鼻立ちの良い顔を曇らせた絢緒が皆まで言う前に、神奈は手で押し留めた。そのまま、ゆるゆると手を振る。気にしていないし、そもそも事前にそう聞いていたから起きたのだ。

しかし、舌を動かして伝える気力は、まだない。

そんな上司から正確に意思を汲み取った助手は、有り難うございます、と微笑んだ。

「埋め合わせになるか分かりませんが、彼が絵馬を掛けたと思われる高草木稲荷について少し調べてみました」

何とか体を起こした神奈は、マグカップを引き寄せたところで二度三度と、目を瞬かせた。

絢緒は何故、神社の名前も言いたいことも分かるのか。そんなに自分は分かりやすい顔だっただろうか、と神奈は内心、首を傾げた。

「顔や声に出なくとも分かります。私は神奈の助手ですから」

「……」

取り皿を片手に、麗しい笑顔で宣う助手。その背後では、キラキラと沢山の星が輝いている気がする。

助手って、凄い。そして、何か怖い。

神奈は疲れたような目で、カップの中身を一口啜った。

カップの中は、アッサムと豆乳の温かいジンジャーソイティーだった。温めた豆乳と乾燥した生姜には体を温める効果があり、絢緒のお勧めだそうだ。

「話を戻しまして、小坂威吹さんの話から高草木稲荷では、と思ったのです。縁切神社として有名ですから。今はネットもありますので、特にホラーやスピリチュアル関係の情報は手に入りやすいのです」

神奈の先刻の疑問にも、絢緒は正確な回答をくれた。世紀単位の齢の彼が、現代の情報通信技術をそれなりに有効活用しているとは、何とも不思議だ。

高草木稲荷は、縁切神社で有名な神社の一つだった。

お稲荷さんとして身近な稲荷神社。そこに祀られている稲荷神は狐、ではなく、保食神や大宜都比売などの、穀物や食物を司る神々だ。

稲荷神とは一柱の神なのではなく、稲荷神という役職に、様々な食物の神が就いているといえば分かりやすいだろうか。

稲荷神社の総本宮である伏見稲荷大社では、主祭神に宇迦之御魂大神を祀っている。

古事記に登場するこの神は、建速須佐之男命（たけはやすさのおのみこと）と神大市比売（かむおおいちひめ）との間に生まれた女神だ。

さて、この稲荷神を氏神（うじがみ）として稲荷山――当時は伊奈利（いなり）山――で祀っていたのが、当時の京都で勢力を誇った古代豪族、秦（はた）氏だった。彼らは元々、中国大陸や朝鮮半島から日本に移住してきた渡来系氏族で、日本に渡って来ただけはある航海術は勿論、農耕や養蚕（ようさん）、機織（はたお）り、土木にまで技術を発揮。政治的後ろ盾も得ると、秦氏は地方に領地を拡大し、それにともなって、伏見稲荷大社の分社が全国の縁（ゆかり）の地に増えていったのだ。

商人の勢いが強くなった室町時代になると、稲荷神は農耕神の他に、商売繁昌の性格も持ち合わせるようになる。そして、江戸の町の稲荷信仰を持つ商人が成功したことで、庶民も稲荷神を祀るようになった。

その結果、『火事、喧嘩、伊瀬屋、稲荷に犬の糞』といわれるほど、江戸時代には稲荷神社は溢れ返り、稲荷神社は五穀豊穣や農耕、商業にご利益がある神となった。

ちなみに稲荷は、「稲成り・生り」が元だという説がある。

「高草木稲荷の周辺は、平安の末期頃から絹織物の産地で、近世の頃には織物業が発達したそうです。農耕というより、商業の性質が強い稲荷ですね。ああ、御祭神は、倉庫の『倉』と書く方の倉稲魂命（うかのみたまのみこと）でした。あ、こら！」

倉稲魂命は、日本書紀によると伊弉諾尊（いざなぎのみこと）と伊弉冉尊（いざなみのみこと）が飢えに苦しんだ際の神産みで誕生した穀物神だ。神名にある『ウカ』『ウケ』は、穀物や食物のことを意味する。

絢緒のお叱りも何のその。相槌のどさくさに紛れて、神奈は一番近い小鉢からほうれん草の胡麻和えを摘まんだ。口に放り込めば、ほど良い甘じょっぱさが癖になる。

「織物業が盛んになるにつれて、生計を立てるべく、年頃の女性達が続々と地方から出て来ました」

苦笑混じりに嘆息した後、絢緒は詳細な説明を続けた。

「彼女達を娶ろうと、男性達も追って来て、結果、増加するのが、男女間の揉め事です。娯楽も少なかった当時、男性の関心は飲酒、女性関係、博打の、いわゆる『呑む、買う、打つ』です。女性の権利はないも同然の時代、泣き寝入りするしかなかった女性達は、原因と縁が切れるよう、高草木稲荷へ神頼みしました。それを発端に、時代が下るにつれて、病気や怪我、事故は勿論、特に男女の縁切りを謳う神社になったそうです」

「土地柄、織物に関わる稲荷神として馴染んでいただけに、祈願する女性達には身近だったんだろうね。まして、高草木稲荷を含め、豊穣神の多くは女性神だし」

漸く思考と舌が回り始めた神奈が、声に出してそう付け加えた。

そこに、風呂上がりの良い匂いをさせた陣郎が頭からタオルを被って登場した。毎朝一時間以上のロードワークが日課の彼からすれば、神奈はとんでもない寝坊助に違いない。

遅い朝餉がテーブルに並び、神奈も助手二人も席に着いたところで、両手を合わせて挨拶する。家では基本、こうして三人が揃って食卓を囲むのだ。

料理番の絢緒の腕前は確かだが、和風洋風中華の他にエスニック、良く分からない国籍料理やら創作料理やらに手を出す節操なし。ゆえに、献立に統一感がない。そして食事は勿論、甘味も守備範囲だった。

今日も今日とて、鼻も目も楽しませ、腹の虫が催促する献立だ。ほかほかの白米は言わずもがな。しっかり砂抜きをされた浅蜊の味噌汁。しかし、頭は覚醒しても、胃袋は半分も起きていない神奈は、浅蜊と生姜のお粥である。ただの粥と侮るなかれ。浅蜊の旨味をたっぷり含み、出汁も染みたとろみが、食べているうちに優しく胃を温めるのだ。

今日の主菜は西の春告げ魚、鰆だ。さっと焼いた舞茸も添えた鰆の山椒焼きは、醤油と味醂、酒のタレだけでも白米がすすむのだが、そこにぴりりと爽快な山椒の香りが食欲に追い打ちをかけてくる。うっすらと焼き目の付いた出汁巻き卵は分厚く、一口齧れば、じゅわり、と出汁が口の中に広がる。人参、竹輪、椎茸とおからを炒めて酒を振り、そこに砂糖、醤油、味醂、最後に葱を加え、煮立たせてできた卯の花の炒り煮。神奈が摘まみ食い、もとい味見したほうれん草の胡麻和えもある。

ただし、助手達の皿はどれも二人前以上の量だ。丼が茶碗代わりの陣郎は、手の大きさを最大に利用しておかずを鷲掴み。彼ほどではないにしろ、同じく人間に化けているせいか、絢緒も良く食べる。瞬く間に減る皿の上は、最後にはまるで盛り付ける前のように、綺麗さっぱり何もなくなった。

「美味しいって、正義だよね」

ぱちり、と両手を合わせ、ご馳走様の挨拶をした後、神奈はほう、と満足そうに吐息を漏らした。

「どんな夜叉羅刹も、絢緒の料理で即刻改心間違いなしだね」

「最高の賛辞です。今、お茶を用意しましょう」

にこり、と絢緒は笑って称賛を受け止めると、食後のお茶の支度に席を立つ。満足そうに腹を撫でる陣郎が尋ねた。

「そう言えば、お前ら。さっき何の話をしていたんだ？　稲荷寿司がどうとか聞こえたんだが」

「君、まだ食べるつもりか」

うんざりした顔で神奈が呟く。あれだけの量を平らげておきながら、助手は下っ腹も出ていない。質量保存の法則はどうした。

「稲荷寿司ではなく、高草木稲荷です」

白磁のポットを傾けながら、絢緒が簡潔に答える。神奈の前に置かれたマグカップから、玄米を炒った香ばしい香りが立ち上っていた。

「小坂威吹さんの言っていた神社が高草木稲荷だと分かったので、それについて報告を。宮司も常駐していない神社らしく、氏子総代もまだいない時間でしたから、大まかな成り立ちくらいですが」

「何だ、お前。直接行って来たのか」

「冷やかし程度ですが、今朝」

その言葉に、マグカップを受け取った陣郎が金の目を丸くする。これには神奈も驚いた。

「道理で詳しいと思ったよ。何だ、起こしてくれれば、いや、起きないかも知れないけど、とにかく、ボクも行きたかったのに」

「神奈には休んで頂きたかったのです」

唇を尖らせて抗議する神奈に向かって、絢緒がやんわりと牽制した。

「絵馬掛けもざっと拝見しましたが、病気や酒癖との縁切りから、是が非でも死んで欲しいという絵馬まで、様々でした。しかし、小坂威吹さんが書いた絵馬は残念ながら発見に至らず。せめて、筆跡が分かれば良かったのですが、何しろ凄まじい数でしたし、掛けた本人の氏名もない絵馬が殆どで、名前があっても呪いたい相手のものでした」

「ま、当然だよね。後から絵馬を掛けに来た人間が、身内や知り合い、ましてや呪いたい相手本人だったりしたら」

気まずいどころじゃない、と神奈は苦笑する。

「その代わりと申しますか、こんなものを見付けてしまいました」

にっこりと笑った絢緒から、ジャーン！　と効果音が聞こえそうだ。長い指で端を摘まんで見せたのは、一枚の板。絵馬だ。

一目で分かったのは、形もさることながら、板の中央に赤い鳥居、その下に二匹の白い狐が並んでいる絵があったからだ。

「小坂威吹さんを、呪った絵馬です」

目的語を強調した絢緒の台詞に、は？　と神奈と陣郎から、異口同音の疑問符が出る。

「威吹君を、呪った？」

「あいつが、じゃなくてか？」

「はい、そうです」

頷く絢緒は、そこはかとなく自慢そうな雰囲気だ。彼は絵馬を引っ繰り返し、二人にも祈願内容が見えるよう、テーブルの上に差し出す。覗き込もうとした神奈と陣郎だったが、慌てて仰け反った。

「いやいやいや！　ちょっと待とうか！　君、神社にあった他人の絵馬を、無断で拝借して来たの⁉」

「持ち帰って来るなよ、そんなもん！　ただの板っ切れだって、こっちは気分が悪ィぞ！」

「呪われた人間が死んだ時点で、ある意味、呪いは成就していますし、絵馬なんて用無しでしょう」

頗る不服そうに、絢緒がキッチンに引っ込む。不貞腐れたのではなく、お茶請けを取りに行っただけらしい。残された二人は、結局好奇心には勝てず、神奈が仕方なく絵馬を手に取り、その横から陣郎が亀のように首を伸ばした。

上の両角を切り落とした、横に伸びた五角形の板。神社で見かけるものと同じく、吊るせるよう、赤い紐が一つの穴に通されている。雨風に晒(さら)されて煤(すす)けているものの、そう古いものではないらしく、黒の油性マジックは色褪せていない。祈願内容は、短く区切られて、縦二行に綴(つづ)られていた。

『小坂威吹が　死にますように』

祈願者の名前はない。簡潔な内容だけに、何とも毒々しい。大きさの揃った文字は読みやすく、一字一字に丸みを帯びた特徴的な癖がある。

「そんなに小坂威吹が気に食わねぇってんなら、文句を言うなりぶん殴るなりすりゃあ良いじゃねぇか」

「もうちょい平和的友好的な解決法は、君にはないのか。いや、この絵馬がそうかと聞かれると、多分違うけど」

不思議そうな陣郎に、神奈はじっとりした目になる。

直情径行(ちょくじょうけいこう)な彼らしいが、人間社会でやたらに手を出せば、下手したら豚箱行きだ。

「それに、俺にはイマイチ分からねぇな。絵馬っつったって、単なる板っ切れだぞ。それだけで、誰かを呪い殺せるのか？　大体、本当に呪いなんてあるのかよ」

「じゃあ聞くけど、そもそも呪いって何？」

「何、って……」

逆に神奈に問われて、陣郎が押し黙る。眉間に皺を寄せて、更に凶悪な顔だ。

人の生き方が十人十色であるように、長い年月を経てきた妖である絢緒と陣郎にしても、在り方が異なれば生き方も異なる。人間社会に溶け込み、その知恵知識を吸収してきた絢緒に比べて、脳味噌を働かせるより脊髄反射の行動が得意な陣郎は、複雑な話になってくると、こうして神奈や絢緒に講義してもらうのもしばしばだった。尤も、本当に陣郎の頭に入っているのかは、本人のみにしか分からないが。

「私が思い付くのは、藁人形と五寸釘を使った丑の刻参りでしょうか」

横から具体例で助け舟を出したのは、絢緒だった。

「能の演目『鉄輪』や『源平盛衰記』だったか『平家物語』だったか、とにかく『剣巻』にもありました。尤も、丑の刻参りは呪いというより、呪うための行動や方法ですが」

彼の手には、丸々とした苺大福がいくつも載る大皿があった。白い薄化粧をして、もっちりした餅にくるまれた餡は、餡子か白餡か、はたまた抹茶餡か。天辺からうっすら透けている苺の赤が、慎ましやかで可愛らしい。

狙い定めた陣郎がすかさず手を伸ばしたが、絢緒のしなやかな手が電光石火の速さで叩き落とした。

「ぎゃんッ！」

「卑しい駄犬ですね。神奈は満腹でしょうから、後で召し上がって下さい。次回は抹茶餡も作りますから、是非感想を」

骨が砕けたような音を聞いたのは、神奈の気のせいだろうか。おかしな方向に曲がった手を、陣郎が腕ごと抱き込んでいる。二の腕の筋まで痛めたらしい。一方、神奈を気遣う容赦ない仕置き人は、どこからどう見ても完璧な好青年。騙し絵でも見ているような気がする神奈である。

先程の話ですが、と絢緒が席に着く。苺大福の皿の底が、テーブルに触れるや否や、今度こそ陣郎が苺大福を掠め取った。それに呆れの一瞥を投げてから、絢緒が続ける。

「人を呪うには、呪うための行動や方法の他に、恨み辛みの原動力も必要です。誰かを呪わしく思う気持ちが、行動を起こさせるのですから」

「その通り。怨念や執着の心と、呪うための行動。この二つを合わせて、呪いだ。聞いているかな、陣郎？」

神奈が名指しするも、案の定、助手の返事はない。苺大福に齧り付いた陣郎は、眉間の皺が消えるくらいに大層ご満悦だ。

「丑の刻参りと言えばボク、現場を見たことがあるんだけどさ」

神奈は世間話のつもりだったが、ぎょっと目を剥いたのは絢緒だ。咀嚼（そしゃく）中の陣郎は、代わりにじっとりした視線を送っている。口に含んだまま話そうものなら、目の前の同僚が、今度は咽喉（のど）を狙うだろう。

「白装束を着た女性が、顔を白粉で真っ白にして、頭に蝋燭を立てたガスコンロの五徳を載せていたっけ。足には律儀に一本歯の下駄、胸に手鏡をぶら下げて、何故か彫刻刀一式を腰に、口にもプラスチック製の櫛（くし）を咥（くわ）えて、呪う相手に見立てた藁人形を、神社の御神木に五寸釘でガッツンガッツン打ち付けていたな。あれ、夜中の一時から三時までの二時間を、七日間やるんだってね。面倒臭さが成就の難易度を示すと錯覚（さっかく）して、手間がかかればそれだけ燃えるのかな。とにかく、天晴（あっぱれ）な根性だった」

当時の神奈は、その精神力に正直、感嘆（かんたん）したものだ。

金槌を握り慣れた女性ではなかったらしく、初日は的を外して、手も一緒に打ち付けていた。罵詈雑言（ばりぞうごん）の中に打ち損じた悲鳴と半ベソの声が混ざっていたのを、こっそり見ていた神奈は聞いている。ある夜は、雨で踏ん張りが効かなかったようで、金槌を振り下ろそうとした女性は派手にすっ転んでいた。いそいそと履き替えたスニーカーには、彼女の決意の固さが窺えた。別の夜には、警邏中の警察官に見付かりそうになって、見ている神奈がハラハラした。そして三週間後、丑の刻参りをやり切った彼女が、無言で拳を高々と掲げた時、見守っていた神奈は取り敢えず、小さく拍手を送っておいたのを覚えている。

しかし今でも、心の底から思うのだ。

そのやる気と根性、もっと別の方向に向けられなかったのか。

彼女の反骨精神なら、きっとどんな道でも切り拓けたに違いない。

「だけどさ、ボク、申し訳ないことしちゃった。呪っているところを誰かに見られると、呪いが呪った人に跳ね返って来るって話なんだよ。あの人、毎日頑張っていたのに。しかも、目撃者も殺さなくちゃいけないのに、ボク、生きているし」

「夏休みの朝顔観察日記か。呪った奴も見上げた性根だが、お前も大概イイ性格していやがるよな」

「そんな話、私は全く存じ上げていませんが。危ないことに首を突っ込まないで下さいと、常日頃から散々、申し上げていますのに」

呆れ果てる陣郎と小言を並べる絢緒を前に、いけしゃあしゃあと神奈は軽く肩を竦めた。反省どころか、悪びれる様子もない。

「話を戻すけど、ボク達が知る丑の刻参りの形になったのは、江戸の元禄の頃。有名な原型があるんだよ。ねえ、絢緒、『剣巻』の大筋、答えられる?」

「はい、『宇治の橋姫』の話ですね」

簡潔に答えた絢緒だったが、あからさまに不服そうだ。神奈が話を逸らしたことを責めているのだ。

「嵯峨天皇の時代、嫉妬深いある公卿の姫君が、恋敵を殺すために鬼にして欲しいと、貴船神社に祈願しました。貴船大明神が告げた方法を実行した結果、彼女は生きながら鬼となります。これが嫉妬に狂う鬼、『宇治の橋姫』の誕生です。鬼は恋敵やその縁者を手にかけ、とうとう誰彼構わず殺すようになった、という話です」

「昔、どこかで聞いたな」

坊主が言っていたような、と陣郎は難しい顔で、苺大福を口に放り込む。長く生きている分、思い出すのも一苦労だ。

獅子である彼は、正体ゆえに寺社を守護することが多かったらしい。世俗から切り離された環境にいたため、人間社会に疎いところがある。柳屋に来る前も、過疎地の小さな寺で一人の尼を守っていた。あの世への旅立ちを悟った彼女が縁となり、今では神奈の番犬を務めている。

「この話で注目すべきは、姫が鬼になった方法だ。結構ぶっ飛んでいて、吃驚するよ」

神奈は歯を見せて悪戯っぽく笑う。

「まず長い髪を五つに分けて、松脂で塗り固めた角を作る。顔には朱、体には鉛丹っていう赤い顔料で全身を真っ赤にする。それから、逆さまにした鉄輪の脚に、火を点けた松明を差して頭に載せて、両端を燃やした松明を口にも咥える。こんな格好の女性が、今みたいな灯りなんてない真っ暗な夜、大通りを爆走してみなよ」

「新しい妖ですね」

「化け物じゃねぇか」

絢緒がにこやかに頷き、陣郎が唖然とする。現役バリバリの妖二人にこう言われて、さぞ姫も変身した甲斐があっただろう。

「ま、当時の食糧事情からして、無理がある話だよ。深窓（しんそう）のお姫様が突然走ろうとすれば、二、三歩目で骨、ボッキリだ。ま、それは置いておいて」

神奈は、『前へならえ』をするように小さく両手を前に突き出すと、右に移動させるジェスチャーをした。

「話の中では案の定、彼女を見ただけで、数人がショック死。そんなことはお構いなしに、お姫様は宇治川で二十一日間の精進潔斎（しょうじんけっさい）を続け、結果、無事に鬼へとメタモルフォーゼ。後は絢緒の言った通り」

「あぁん？」

三つ目の苺大福に手を伸ばして、陣郎が不可解そうに唸った。

「丑の刻参りの原型なんだろ？　藁人形も五寸釘も、丑の刻だって出て来ねぇぞ。しかも、恋敵が死ぬよう祈願するんじゃなくて、鬼になって自分で殺しに行くのかよ。なかなか骨のある姫さんだったんだな。あ、でも折れやすいのか」

「足の細い小型犬かな」

呆れ顔でツッコミを入れた神奈は、とにかく、と続ける。

「この話は、恋敵を殺すべく鬼になった姫の、『鬼になる方法』だ。そもそも、丑の刻参りは、神仏への祈願なんだよ。初詣や御百度参りと同じさ。そして勿論、この絵馬も」

神奈の人差し指が、絵馬の角を軽く弾いた。

「五寸釘や藁人形は、陰陽道（おんみょうどう）の影響だ。絢緒、鬼はその後、どうなった？」

はい、と答えた絢緒に、言い淀（よど）む素振りはない。

「その二百年ほど後、この鬼は、源頼光（みなもとのよりみつ）の四天王の一人、渡辺綱（わたなべのつな）に一条堀川（いちじょうほりかわ）の戻り橋で腕を斬り落とされます。鬼は愛宕（あたご）山に逃げ、渡辺綱から相談された源頼光によって、鬼の腕は安倍晴明（あべのせいめい）に引き渡されました。この人物は、陰陽師として現代でも有名です。彼は、渡辺綱に七日間謹慎（きんしん）するよう伝え、鬼の腕を仁王経（にんのうぎょう）で封印しました」

そこで陣郎が、ああ！　と声を上げた。右手には、四つ目の苺大福だ。

「その名前なら、聞いたことがあるぞ。確か、西の都にいたよな？」

「平安の頃ですね。もう少し前の時代に活躍していたのは、呪禁師（じゅごんし）というそうです。名前が変わっただけで、中身は大体同じでしょう。現代の政治家のように」

「否定はできないけどさ」

絢緒の辛辣（しんらつ）さに、神奈は苦笑するしかない。

「彼らの得意分野の一つが呪詛、つまり呪いだ。陰陽師が呪術を行う時、敵に見立てた形（かた）

代やヒトガタを使うけど、これが藁人形の始まり。陰陽道では、人が鬼になったり、鬼が出たりする時間は丑の刻、今の午前一時から午前三時頃だと考えられた。丑寅の方角は、鬼がやって来るとされた鬼門でもある。五寸釘は、素人が神仏の社や像、御神木に釘を打ち付ける祈願方法が元だね。あ、素人っていうのは、庶民だよ」

絢緒が驚いて柳眉を上げた。

「昔の人間の方が信心深いものだと思っていました。なかなか過激だったのですね」

「いえ、そうせざるを得なかったのでしょうか。呪いのプロに呪殺を頼もうとすれば、それ相応の謝礼が必要です。貴族には容易でも、庶民は難しいでしょう。だからこそ、庶民自身が必死で神仏に祈願し、それでも呪いが叶わなかった時には、そんな暴挙に出たのではありませんか?」

「その通り」

神奈は芝居がかった様子で、指を弾いた。

「その当時、効果がなかった時、祈願した神仏さえも恨んで、責め立てて、何としても呪いを成就させようとした。釘を打ち込むという脅迫でね。後にこの行動が陰陽道と結び付いて、今の丑の刻参りの出来上がりさ」

「他力本願で縋っておいて、神や仏を相手に脅迫かよ。罰当たりも良いところだな」

頬杖をつく陣郎は、鼻に皺を寄せていた。感想はさておき、と絢緒は、自分のカップに口を付ける。

「しかし、ただの人間に代わって神仏が殺人を犯すとは思えません。呪いで、実際に誰かを害せることはないのでは？」

「いや、条件が揃えば成功するよ」

驚く助手達をよそに、即答した神奈はそうだな、と考えるように茶を啜った。

「誰にも知られずに、AさんがBさんを呪った、としよう。Aさん本人以外、この行動を知る人間はいない。その一方で、Bさんには様々な不幸が起こる。まあ、不幸といっても、紙で指を切った、風邪を引いた、と些細なことから、大事になる事故、人間関係の揉め事と様々だ。そのうちのいくつかは、Aさんの画策かも知れない。Aさんの目には、Bさんに呪いの効果があったように見える。もしBさんが、被害妄想を持ちやすかったり、信心深かったりする性格なら、誰かに恨まれている、呪われている、と言い出すかも知れない」

「けどよ、実際、Aの呪いがBに影響した訳じゃねぇだろ」

はあ、と陣郎が、疑問だか相槌だか分からない声を漏らした。そんな助手に対して、神奈は黒板の前に立つ教師のような手振りで、噛み砕いた説明をする。

「じゃあ例えば、誰かがあなたを呪っていますぞよ！　なーんて、巫女さんかお坊さんか、とにかくそれっぽい人が、君に親切ぶって教えてくれたとしよう。真偽は別にして、陣郎は気にするだろう？」

「あ？　当然だろ」

　尋ねた方が拍子抜けするほど、陣郎の答えに逡巡はない。

「俺はお前の番犬だ。そいつを信じる訳じゃねぇが、警戒するに決まっているだろ。本当に俺だけが狙われているとは、限らねぇんだから」

「君、冥府の神ハデスが地獄の番犬にスカウトしても、絶対断ってくれよ」
　二、三度、目を瞬かせた後、神奈は擽ったそうに笑った。しかし、それは忽ち苦笑に変わる。
「でもね、人間の社会では、制服や装束は時に、身分証明なんだ。本職ではなくても、それらしい格好で、それらしいことを言われたら、自分は呪われている、って思っちゃう人も多いんだよ」

「実際、業者や職員を装った押し入り強盗は多いです」

　マンションの管理会社から知らせがありました、と絢緒が頷く。彼は、神奈のマグカップが空になったのを見ると、ティーコゼを外して、ティーポットを手に取った。

「陣郎の言った通り、Aさんの行動とBさんの不幸は独立しています。呪いを疑うか、お祓いのつもりか、Bさんが宗教関係者の元を訪れて、もし呪いだと言われたら、信じてしまうかも知れません。そこまでいかなくても、良い気はしません。呪いの成就には、呪いだと断定する人間、取り分け、宗教に関する人物が必要なのですね」

「そう。勿論、同じ状況でも、全く気にしない人もいる。一方、不安で不眠になったり、家から出るのが怖くなったりする人もいる。ずっと気を張っているから、心身共に疲労して来るし、疑心暗鬼にもなる。ああ、有り難う」

神奈が受け取ったマグカップからは、ほわり、と豊かな香りが立ち上っている。つまり、と、絢緒は難しい顔だ。

「要は、呪いの成就には、呪われた人間の思い込みや自己暗示が必須なのですね。人間の体が、どこまで繊細なのかは分かりませんが、体調不良くらいにはなりそうです」

「そうかぁ？　大体、現代は昔ほど、寺や神社に行かないんだろ？」

懐疑的な顔で、陣郎は五つ目の苺大福に手を伸ばす。

「それこそ、盆暮れ正月、冠婚葬祭くらいだ。滅多に会わない坊主が言うことなんか、簡単に信じるか？」

「確かに。呪いについて、呪術者や宗教関係者が社会的に信頼されていたのは、ずっと昔。だったら、自分が信頼している人間に言われたら、どう思うかな」

そう付け加えて、神奈はマグカップに口を付ける。

「数十年来の親友、信頼する上司や同僚に、最近不調だと相談した時、慰められ、励まされる中、誰かに恨まれているのでは、呪われているのでは、と囁(ささや)かれたら」

眉間の皺を山脈のようにして、陣郎はきっぱりと言い切った。

「気分は、最ッ悪だな」

「はい、呪いの完成」

一丁上がり、とばかりに、神奈は明るく手を打った。呆気に取られる陣郎をよそに、絢緒が成程、と呟いた。

「深い繋がりのある人間の発言の方が、信じられる時もあります」

「何も、人間じゃなくても良いんだよ。仮に、呪われたＢさんが、人を人とも思わない傲慢な人だったとする。周りは敵だらけ。恨みまくって、近所の神社に藁人形を打ち込んだ奴がいる、黒魔術をやった奴もいる、なぁーんて話も出るくらいだ。そうすると、Ｂさんにとっての有象無象の人達が、悪意を持ってそういう噂を流し始める。当然さ。彼らは、Ｂさんの被害者という共通意識を持つ塊なんだから。誹謗中傷じゃないから、罪悪感もない。今じゃ、メールもネットもあって、噂の拡散は光の速さだ。伝聞も断定になっていく。一人二人に噛み付かれても平気なＢさんでも、四面楚歌なら、少しは落ち込むんじゃない？」

「実際、丑の刻参りが行われた神社仏閣は、市井の交流の場でした。誰が呪われたのか、話はあっという間に広まったでしょう。人の口に戸は立てられぬ、とも言いますし」

　ところで、と絢緒が、赤味がかった目を細めて、にっこりと笑った。爽やかな声音が、神奈を嫌な予感に誘う。

「人や噂を介さずに、例えば直接藁人形を送り付けても、呪いになるのでしょうか?」

「それは脅迫だ」

すぱっと即答した神奈が、じろり、と音がしそうなほど絢緒を睨み付けた。

「刑法二二二条の脅迫罪により、手が後ろに回るよ。君、まさか誰かを呪うつもりじゃないだろうね?」

しかし、尋ね返された助手は、非常に麗しい笑顔で答える。

「後学のためです。私も本人に、直接、じっくりと、問い質すタイプですから」

だよな、と陣郎も頷いているが、二人の実際の行動は大きく違うだろう。

絢緒の台詞の部分部分が強調されていた上、『じっくり』が『じわじわ』に聞こえたのは、神奈の気のせいだろうか。そうだと思いたい。

「お前の話だと、呪いだって教える奴は、悪い奴もいそうだよな」

陣郎の眉間が、深い皺を刻んでいる。長く生きている分、達観しているのかと思えば、そうでもないらしい。

「実は呪った奴なんかいもしねぇのに、そう言い出すとか。呪いをでっち上げて、別の奴に濡れ衣を着せるとか。呪いを祓ってやるから金を寄越せ、って言やあ、今なら詐欺じゃねぇか」

「現代の霊感商法にさえあるのですから、当然昔にもあったでしょう。実際、謀反(むほん)だと難癖を付けられて、処刑された人間もいました」

　嘆息する絢緒は、まるで見たことがあるような口振りだ。

「陰陽師は当時の国家公務員です。彼らの社会的立場は、政治に関われるほど強固で、信頼も厚かったでしょう。陰陽師の本業は別ですが、どこの誰がどんな理由で呪い、その呪い方や祓い方まで分かったとか。当然、それを利用して良からぬことに手を染めていた人間もいたでしょうね」

　爽やかな笑顔で容赦のないことを言う助手に、神奈は苦く笑う。

「確かに呪いは、呪われた人の反応は当然、呪いだと指摘する人によるところも大きい。呪いのせいでこれから病気になる、って断言されたら本当に病みそうだけど、生活環境を改善して、養生した方が良い、って提案されれば、素直に受け入れそうだろう？　とどのつまり、その人の言い方一つさ」

「呪いは分かったけどよ」

　多分、と付け加えつつ、皿に伸びた陣郎の手が、また一つ苺大福を攫(さら)っていく。大食らいのこの助手は、あといくつ食べれば満足するのか。

「呪いで不調になることはあっても、人が死ぬことはねぇんだよな？　単なる祈願なんだから」

「ないこともない」

「どっちだよ」

しれっと答える神奈にツッコミを入れつつ、陣郎の金の瞳が話の先を催促する。存外、彼は好奇心旺盛なのだ。

「統計の話さ。例えば、千人が千人を、重複しないよう呪った。一年後、千人の中で事故死が一人、病死が二人いたけど、残りの九百九十七人は生きている。結果だけ見れば、三人が呪って、三人が呪い殺された。けど、効果のなかった九百九十七人は、呪ったことは勿論、そんなことをした人間も、いなかったことになる。だって、呪いの成就には、口外するのも、目撃されるのも駄目なんだから」

「そんな大人数でやりゃあ、病死も事故死もいるだろうよ。獄卒の迎え間近のジジババもいるんだろうしな」

つまらねぇ、と陣郎は不満そうだ。そこに、何か思い付いたらしい絢緒が口を開く。

「では、呪っているところを見られると効果はない、あるいは、呪いが跳ね返って来る、という話にも理由があるのですね」

そう、と神奈は頷く。

「誰かを呪おうと実行する人間なんて、大抵理性的じゃない。呪う側の内心は嫉妬や憎悪、憤怒で一杯だ。そんなのを抱えて、不健全な方法で発散しようとするんだから、心にも体にもストレスがかかる。日常生活に支障が出て来て、そこで初めて、思い当たるんだよ。呪いが自分に返って来た、ってね。これはボクの推測だけど、誰かにバレたから効果がないんじゃなくて、効果がないからバレた、ってことじゃないかな」

どういうことでしょう、と絢緒が先を促した。

「全員が全員、さっきのBさんのように不幸があったり、不幸を気にする気質だったり、あるいは噂があったり。呪いだと判断する人だって、都合良く存在するとは限らない。呪いの効果が出ないと、呪っていた側はどう思う？」

「呪いの効果がなかったとか、まだ効果がないとか、そう思うのではないでしょうか」

「やり方が悪かった、とかか？」

陣郎も一緒になって首を捻っている。

「飽きたり、馬鹿馬鹿しくなったりして、途中でやめるかも知れねぇな」

「そうやって、効果がなかった理由を探すんだよ。その一つが、バレた、じゃないかな。納得しやすいし」

伸ばした神奈の人差し指が、小坂威吹の名前が書かれた絵馬を弾いた。

「威吹君は、絵馬を掛けたと言っていた」

この絵馬のように、彼も誰かを呪おうと、呪詛の言葉を書き付けて、絵馬を掛けた。

「誰かを呪い、それが跳ね返ったせいで自分は死んだと、彼は思い込んでいる節がある。

なら、彼の書いた絵馬について、調べる必要があるよ」

彼は誰をどんな理由で恨み、絵馬を掛けたのか。呪われた人間は、そのことを知っていたのか。それゆえに、何か不都合が起きていないとも限らない。起こっているなら、それに対する手立ても考える必要があるだろう。

そして神奈には、威吹があの公園にいた理由が気になっていた。もしかしたら、成仏の手掛かりになるかも知れない。

「難しいことは分からねぇけどよ」

顔を顰めた陣郎は、脳味噌を使ったから腹が減った、とまた苺大福に手を伸ばしている。

「お前の話じゃ、殺すことは無理でも、絵馬で人を呪うことはできるんだろ？　あいつ、気にしていたじゃねぇか。『人を呪わば穴二つ』って奴」

公園で神奈が威吹に言った台詞だ。誰かを呪い殺そうとすれば、その報いを受けることになって、結果葬られる墓は二つでき上がるという故事だ。

「それがこれじゃねぇのか？」

鋭い金の瞳が目の前の絵馬を示した。威吹は誰かに呪い返されたのではないか、と言いたいのだ。

「威吹君の絵馬を見付けるまでは何とも」

そう言って神奈は明言を避けた。茶を一口啜ると、テーブルにマグカップを置く。

「その故事には、別の解釈もある。返って来るのは報いや呪いではなく、罪悪感だという話だよ」

視線を落としたマグカップの中で、小さな波紋が揺れていた。

「誰かを呪った。良心が残っている人間なら、その罪悪感や後ろめたさが呪った側を苦しめる。呪う側も、呪った相手と一緒に地獄に落ちる覚悟で呪わなきゃ。打ち付けている藁人形は、自分自身かも知れないんだ」

小坂威吹は自分で行った呪いに苦しんでいる。いっそのこと、良心の呵責を抱かなければ、死して尚、この世に留まることにはならなかったのかも知れない。

公園に一人きりだった小坂威吹を、神奈は思い出す。

理不尽を嘆き、当たり散らしていた様は、動揺と焦燥、そして恐怖の裏返しに見えて仕方なかった。

「気になっていたのですが」

そう切り出した絢緒は、まるで夕飯の献立に悩むような顔付きだ。

「小坂威吹さんは、呪いを頭から信じる性格ではないように見受けられました。縁切神社について、誰かに聞いたようでしたし、あの公園にいる理由と、何か関係があるのでしょうか」

「それに、絵馬に名前を書かれるほど、彼は誰かに恨まれていたのかな」

そういうタイプには思えなかったけど、と神奈は小首を傾げた。

参

助手曰く、用無しの絵馬だが、いくら祈願成就しているとはいえ、書いた本人に断りもなく絵馬を持ち出すのはよろしくない。ずっと持っているのも気持ちの良いものではないし、御焚き上げよろしく、勝手に燃やして処分してやる義理もない。

縁切神社を見学し、小坂威吹が掛けた絵馬を探しに行くついでに、神奈は陣郎と絵馬を返すことにした。

縁切神社こと高草木稲荷は、住宅街の外れに位置する。

陣郎が車を停めたのは、多田八幡宮駐車場と書かれた大きな看板の近くだった。

高草木稲荷自体はそう大きな社ではなく、多田八幡宮という大きな神社の境内に鎮座、管理されている境内社なのだ。高草木稲荷に参拝するには、多田八幡宮の裏手にある鎮守の杜を突っ切らなければならない。

多田八幡宮の駐車場に車を停め、二人は銅造の一の鳥居を前に、一礼してから潜った。

聳え立つクロマツを横に、手水舎で身を清めた後、ＬＥＤの赤い燈籠に挟まれた参道を歩くと社務所が見える。宮司は常駐していない、と絢緒が言っていた通り、今は人の気配がない。神職不足はどこも深刻だ。季節になると、近所の氏子達が集まり、代表である氏子総代が祭りの相談や新年の準備を取り仕切ることになる。酸性雨で大分溶けてしまった狛犬の石造を通りすぎ、一礼の後、二の鳥居を潜って石の階段を上ると、玉砂利を敷き詰めた境内が広がっている。入母屋造（いりもやづくり）の屋根の下、彫り付けられた極彩色の竜が印象的だ。

賽銭箱（さいせんばこ）の前で二礼二拍手一礼をし、神奈達は裏手にある高草木稲荷に向かった。

石畳で舗装された小路（こうじ）は常緑樹の葉に遮られて薄暗く、差し込む日の光は弱い。

神奈の目には、並び立つ木の幹の間から、ちらちらとこちらを窺っているものが視えていた。その中でも特に勘の働く連中が好奇の目を向け、物珍しそうにしている。悪意も害意もないが、神奈としては視界に入れたいものではない。陣郎が目を光らせているお陰で、それらは遠巻きにしたまま近付いても来ないが、夜中に一人きりで通りたい道ではないことは確かだ。

高草木稲荷は常緑樹にぐるりと囲まれて、少し拓けたところに鎮座（ちんざ）していた。

神奈の視界を埋めたのは、朱だ。数えきれないほどの朱色の鳥居が、隙間なく一列に並んでいる。まるで朱のトンネルだった。

小路はそのまま参道として、ＬＥＤの赤い燈籠の間を通り、入母屋造の拝殿へと延びている。二人は石造りの大きな一の鳥居の前で一礼した後、続く朱のトンネルを、陣郎だけは前に体を倒して通り抜けた。彼がやっと潜れるほどの高さしかなかったのだ。

縁切の名前のせいで、空気の淀みまくったおどろおどろしい神社を想像していたが、こぢんまりとした境内は拍子抜けするほど、綺麗に掃き清められている。

神奈は拝殿に向かって二礼二拍手一礼した後、半歩分後ろにいる助手を、訝しそうに仰ぎ見た。

「陣郎、どうかした？」

眉間に皺を寄せる陣郎は、賽銭箱に向かってすぐ左手、拝殿を支える太い柱を見ている。

「お前が言っていただろ？　逆恨みで社殿にも釘を打ち込むことがあったって。あれとか、その跡かと思ってな」

「五寸釘にしちゃ、大きくない？」

彼の視線を辿った先には、親指の長さほどの縦に走る裂傷。明らかに刃物の類によるものだ。

「さっきから何を気にしているのさ？」

鳥居のトンネルを前にした辺りから、陣郎に落ち着きがない。苛立ってもいるようだ。

「こっちを見ている奴らがいる、んだが……」

何とも煮え切らない返事だった。陣郎自身もよく分かっていないようで、金の瞳だけを盛んに動かして、辺りを警戒しては首を傾げている。

「どうも悪さをする感じじゃねぇな。姿を見せねぇくせに、近くをウロチョロするだけで、遠巻きに俺達を窺っていやがる。何がしてぇんだか」

「いつもの塵芥ではなく？　君のファンとか？」

「アホか。それに何だかこの場所、妙な感じがする」

鋭く光る陣郎の目が、今度は目前の拝殿の奥を見据えた。

それに倣って神奈も拝殿をじっと視るが、御扉の格子の隙間から、薄暗さが覗くばかりだ。辺りを見回しても、鳥居が沢山並んでいる境内というだけで、特に違和感はない。何も視えない。隠れているのか。

もっと良く視ようとしたところで、さっさと用を済ませろ、と陣郎に横から小突かれた。察知は得意でも、分析は苦手な彼は、高草木稲荷から早々に退散することを優先したらしい。追及を諦めて、神奈は絵馬掛けに足を向けた。

絵馬掛けは探すまでもなく、鳥居を潜った時から、既に目についていた。

黒い屋根を被せた絵馬掛けにぶら下がっているのは、夥しい数の絵馬だ。一つのフックに十は絵馬が掛けてあって、鉄のフックが変形するほど、見事な鈴生りだった。場所が見当たらずに掛けられなかった絵馬は、屋根の下の梁に括り付けられていたり、他の絵馬の紐に無理矢理括ってぶら下げられていたりする。

そのうち、絵馬の、というか妄念の重さに負けて、絵馬掛けの柱が根本からバッキリと折れるに違いない、と神奈は思った。ちなみに、柱は朱色に塗装されたステンレス製だ。人間の念、恐るべし。

縁切神社と名高いだけあって、絵馬の内容も、なかなかえげつない。名指しで死を願うのは、まだ分かる。実行は無理だが、理解はできる。だが、絵馬に呪いたい相手の写真を張り付けて、黒く塗り潰してみたり、その顔が見えなくなるほど、まち針で刺してみたり。

ひたすら『死ね』だの『殺す』だのを、米粒大の文字で絵馬一杯に書き並べてあるのは、神奈もちょっと閉口する。そもそもお願いではないし、縁を切る相手も特定できない。願いを聞き届ける神様も、これには辟易するだろう。神様パワーでそこは頑張って、という丸投げだろうか。成程、最近の神様も結構辛い。

今ここでの二人の目的は、小坂威吹が掛けた絵馬を探し出すこと。それは十分に分かっているのだが、絵馬による視界の暴力で、神奈のやる気はゴリゴリと音を立てて削られていっている。隣の陣郎に至っては盛大に顔を顰めていて、ちょっとどころではなく、おっかない顔だ。

絵馬掛けを大雑把に区切って、上半分は背の高い助手に任せ、神奈は自分の目の高さから下を探すことにした。

絵馬と対峙して、凡そ二十分が経った頃。

「あ」

　中腰の神奈が小さく声を上げた。すかさず陣郎が腰を曲げて覗き込んで来る。

　神奈の腿（もも）の辺りに垂れ下がった断酒祈願の絵馬の下に、目的の物はあった。この高さでは、確かに絢緒の身長では見付け難いだろう。雨風に晒（さら）されて少し黒っぽくなった絵馬に、角張った文字が二列に並んでいた。

『赤苑高校サッカー部レギュラーの新田幸助（にったこうすけ）が　足を怪我しますように』

　小坂威吹の出身高校名と所属していた部、そしてレギュラーの単語。署名はなかったが、昨夜の威吹の言動からして、恐らくこれだろう。

　フックから外して手に取れば、神奈の口から、気の抜けたような小さな吐息が漏れる。成分の内訳で最も割合を占めていたのは、憐みだろうか。

　誰かを害することへの祈願は、決して良いこととは言えない。しかし、悪いことでもないはずだ。救われたい、少しだけでも呼吸をしやすくしたいという願いに、死んでも苦しまなければならない非はないだろう。

　威吹は今、自分が掛けた絵馬のせいで、罪悪感の墓穴（はかあな）にいる。

　神奈は羽織の下に着込んだコートに、見付けた絵馬を仕舞い込んだ。威吹に確認次第、即刻処分することにする。あんなに後悔していたくらいだ。嫌がることはないだろう。

　代わりに引っ張り出したのは、絢緒が持ち帰った、威吹を呪った絵馬だ。それをフックに掛けようとして、ふと神奈は手を止めた。

「おい、どうした？」

辺りの警戒を解いていない陣郎が、こちらを訝しんでいる。神奈は答えず、跳ねるように立ち上がると、爪先立ちで絵馬掛けに伸し掛かった。先刻まで見ていた絵馬を、今度は食い入るように見始める。いくつも重なった絵馬を一体ずつ捲り、目に留まったものを片っ端からフックから外していく。

「何かあったのか？」

察した陣郎が体を起こし、再び尋ねた。そんな助手に、神奈は手にした絵馬を全て投げ渡す。

「君も手伝って。持って来た絵馬と同じ筆跡のものを探すんだ」

「はあ？　おい、何だってーんだ？」

咄嗟に受け取った陣郎が、更に説明を求めた。神奈はそれどころではなく、必死に目と手を動かす。内容に目を通すこともなく、絵馬を、正確にはそこに書き付けられた文字を確かめる。持って来た絵馬にあったのは、丸っこい、しかし固い字体だ。

「その絵馬全部、威吹君を呪った絵馬と筆跡が同じなんだよ。一人の人間がそれだけの絵馬を書いて、掛けた。全部見付けなくちゃ」

「はあ!?　これ、まだあるのか!?」

手の中の絵馬を見て、陣郎は声を上げた。軽く十体は越えている。それから短く息を吐き出すと、神奈と同様、一巡した絵馬を再び見直し始めた。

そして、絵馬掛けを大凡見尽くした頃、二人は絶句することになる。

じっとりした冷や汗が肌に浮かび、神奈に至っては、自分でも口の端が引き攣ったのが分かったくらいだ。途中、陣郎の手から溢れた絵馬は地面に置かれたのだが、それが今や、小さな山を作っていた。絵馬の数は、ざっと四十体以上。

「凄ぇ執念だな。ここまで来ると、流石にドン引きだ」

「ボク、呆れや感心を通り越して、無の境地に至れそうだよ」

板がまだ白っぽくて真新しいものから、日に焼けて油性マジックの文字が浮き上がっているものまで、掛けられた時期は様々の絵馬。どれも同じ字体で、違う内容の祈願が書かれていた。

『両手の指が　折れますように』

『顔に硫酸を　被りますように』

『誰からも無視されて　蔑まれて　嫌われますように』

一体だけでも悪意が溢れているのに、四十体以上ともなれば、醜悪さしかない。相手への呪わしさに、いっそ純粋ささえ感じられる。

そして、神奈の持って来た絵馬に書かれた、お願い。

『小坂威吹が　死にますように』

この絵馬は、同一人物が書いたうちの一体だ。

「具体的な分、逆にえげつなさを感じるな」

「この絵馬を書いた人、誰かを苦しませるために、威吹君を呪ったんだ」

神奈は座り込み、懐からデジタルカメラを取り出した。絵馬を一体、地面に置くと、カメラを構えてピントを合わせる。

「他の絵馬を見る限り、特定の人物を呪っているのは明らか。その人がよっぽど嫌いなんだろう。全て違う、具体的な内容を書いている。まるでじわじわと追い詰めて、いたぶるみたいに。その一つとして、威吹君の死を祈願したんだ」

「じゃあ、その特定の人物とやらは、小坂威吹の身近な人間、ってことだな」

しっかしまぁ、と陣郎は呆れとも哀れみともつかない溜息を吐いた。

「あいつ、とばっちりであんな絵馬を掛けられたのかよ。良い迷惑だな。……で、一応聞くが、お前は何をしていやがるんだ」

神奈が人差し指でカメラのボタンを押せば、ピピッ、と軽い電子音の後、フラッシュの光に包まれた。出来を確認し、次の絵馬へ手を伸ばす。

声と同じくらい呆れた目で、陣郎が見下ろしているのだろう。見なくてもその様子を確信している神奈は、顔も上げない。

「強いて言えば、盗撮？」

「間違っちゃいねぇけどな。つーか、撮るなよ、そんな胸糞悪ィもの」

「じゃあこれ、全部持って帰る？」

「何でだよ！　行きより帰りに絵馬が増えているって、おかしいだろうが。さっさと終わらせるぞ、ったく」

　ぶつくさ言いながらも、陣郎は隣に腰を下ろした。絵馬の山から一体手に取っては、神奈の前に置き、撮影を終えた絵馬を絵馬掛けに戻す。結構人が好(い)い、いや妖が好いのだった。

　漸く神奈が全ての写真撮影を終えると、待っていましたとばかりに助手が後ろ襟をむんずと掴み上げた。抗議する間もなく、そのまま高草木稲荷からさっさと連れ出そうとする。食い込む前襟を防ごうと爪先で下手なステップを披露していると、気付いた陣郎が神奈の腹に腕をぐるりと回して、小脇に抱え上げた。

　これはまるで、駄々を捏ねた子供と、実力行使で連れ帰る父親である。

　ちっとも嬉しくない、と膨れっ面の神奈は、足をブラブラと揺らして運ばれるがまま。

　呪いだの絵馬だのと、インターネットにも取り上げられているが、これだけ清められた神社は聖域だ。当然、奸邪(かんじゃ)の気配などあるはずもない。しかし、陣郎の嗅覚は是としなかったのだ。番犬として、万が一に備えて退却するらしい。

　大股の陣郎が鳥居を潜り抜けた時、神奈は高草木稲荷を首だけで振り返った。

やはり、不自然なものはいない。澄んだ空気の中、赤い鳥居の行列で、拝殿が鎮座しているだけだった。

※

凌木絢緒は柳屋の助手の他に、茶道の講師として、いくつかの学校や教室に出入りしている。本日も、茶道教室を自宅で開く師匠の依頼で、薄茶（うすちゃ）の稽古を受け持つことになっていた。

茶の湯は静寂（せいじゃく）を愉（たの）しむ。

ただただ無音、という意味ではない。絹に墨の雫を垂らした時、その白さが目を引くように、敢えて静謐（せいひつ）の中で微かな音を響かせることで、より一層静けさを際立たせる。勿論、むやみに音を立てることなどは以ての外。静寂を味わうがゆえに、必要不可欠な音を立てる。そして、耳を、心を澄ませるのだ。

さらり、と流れるように長い指で柄杓を取った絢緒が、優しく湯を注ぐと、こぽこぽ、と茶碗が何とも満足そうな音を立てた。

そっと、しかししっかりと左手を茶碗に添えたら、揃えた指先で摘まむようにして茶筅(ちゃせん)を持つと、茶碗の底に軽く押し当てて、三回ほど静かに振るう。抹茶と湯を馴染ませるように、ゆっくりと、だ。その後は底から少しだけ離し、柳のようにしなやかにした手首で、なるべく湯の温度を保てるように、今度は素早く、そして軽やかに茶筅を振る。穂で抹茶と湯を掻き立てることで生まれる、しっとりと濡れた肌理(きめ)細かい音が、何とも耳に心地好い。

仕上げに、抹茶の中で、「の」の字を書くように茶筅を動かすと、茶碗から引き上げる。そして慎ましやかに、茶碗を畳の縁外(へりそと)へと差し出した。

「一度切ります。ここまでが、お茶を点てるまでの流れのおさらいです」

質問はありますか、と絢緒は畳に指を突いて体の向きを変えると、四人の教え子と向き合った。妙に明るい表情で大きく頷く者や難しい顔をする者、力なく首を振る者などと、反応は様々だ。

「質問ではありませんが、録画かメモをしたいです」

御法度(ごはっと)だと承知していますけど、と悔しそうに細面を顰めたのは、三十代前半の社会人男性だった。

しっかり糊(のり)の利いたシャツに紺のネクタイを締め、無地のグレーのスーツ姿。フレックスタイムを導入している勤め先のため、彼はしばしば平日の昼に稽古をすることも多い。

その隣で、気持ちは分かります、と苦笑するのは初老の男性だ。目尻の小さな皺が、柔和な顔立ちを更に穏やかに感じさせた。後ろに流した髪はたっぷりしているのに、その色が霜のようで、実年齢より老けて見える。

この教え子は、自分より三分の一ほどしか生きていないと思っている絢緒を、先生と呼べることを新鮮に思っているらしい。

「どこが難しかったり、分からなかったりしたでしょうか？」

絢緒は、頭の中で先刻までの流れを反芻（はんすう）する。

学ぶことは真似ること。まずは手本を見せた方が想像しやすいと、常々（つねづね）思ってはいるのだが、そこは個人の差だ。一応講師の肩書はあるものの、人に教えるというのは、実に一筋縄ではいかない。

いえ、そうではなく、と初老の教え子が、右の掌を見せて押し留める。

「流れは大凡（おおよそ）分かりましたが、凌木先生の所作（しょさ）は瑞々しいというか、思わず見入ってしまうんです。予習も復習もする方なら、余裕かも知れませんが」

そう言って、彼がちらりと一瞥したのは、隣の教え子だ。

「まあ、無茶を言わないで下さいな」

悩ましそうに唇から吐息を漏らしたのは、薄藤の鮫小紋に、七宝を描いた銀鼠色（ぎんねずいろ）の名古屋（なごや）帯を合わせた女性。婀娜（あだ）っぽい雰囲気の彼女だが、書籍を読み込むのは当たり前、茶道のＤＶＤを購入したり稽古前後の絢緒を掴まえては質問したり、とかなり勉強熱心で真面目な教え子だ。

「わたくしなど、まだまだですわ。それに、覚えたところで、人前で美しくお点前を披露できなければ、無意味でございましょう。精進しなくては」

「はい、淩木先生！」

意気消沈、叱咤督励の雰囲気などどこ吹く風。落ち込む社会人の隣で、耳に腕を付けて元気一杯に挙手したのは、近所の大学に通う二回生の教え子だ。

白いブラウスの上に厚手のセーターを着込み、黒のスカートにすっかり包まれた膝はきちんと揃えられている。髪は綺麗に編み込まれ、露わになった頬が寒さで淡く色付いているのが、幼い少女のようだ。

絢緒の仮初の年齢だと、彼女が一番歳が近い。

「さっき釜がシューシューって鳴っていたのが、松風ですか？」

「ええ、そうです」

絢緒は笑みを浮かべて首肯する。

シュンシュン、と釜の煮え立つ知らせを松風という。山里や浜辺に佇む松林を吹き渡る風の音に例えられて、そう呼ばれるのだ。

音に耳を傾けられる辺り、この中で彼女が一番、精神的にゆとりがあるのかも知れない。

茶を点てるにあたって、心を砕くのは水、湯を沸かす炭の加減である火相（ひあい）、そして湯の沸き加減である湯相（ゆあい）が重要になる。温度によっては抹茶の味や香りを損ねてしまうのだ。特に沸騰の頂点に達した湯は、美味しさに重要な空気がなく、風味のない貧相なお茶となってしまう。

かの有名な茶人、千利休（せんのりきゅう）は湯相を、二つの音と三つの泡の様子から五つに分けた。土の中で蚯蚓（みみず）――と勘違いされていたが、実際は螻蛄（おけら）――が鳴く、ジィーという小さな音に似ている「蚯音（きゅうおん）」。蟹の目のような小さな泡が立つ「蟹眼（かいがん）」。泡が連なって湧（わ）き上がる「連珠（れんじゅ）」。魚の目の大きさほどの泡を指す「魚目（ぎょもく）」。そして沸騰直前の七十から八十℃で、茶を点てるのに最も適しているのが「松風」だ。

「蚯音って、初めて由来を知った時は、てっきり雑巾を絞る時みたいに、体を引き絞って発声でもしているのかと思っていました！」

「ミミズ、死にますよね、それ」

無邪気な大学生のえげつないたとえに、社会人の顔が引き攣っていた。

絢緒にしても、茶を点てるたび、脳内で引き千切られる蚯蚓が横切りそうだ。

「湯相火相と言えば、炭の火ではありませんが、最近は火事が多いですねぇ」

「あら、余計なお喋りはいけませんわ」

ぼやくように零した初老の教え子に、着物の女性がぴしゃりと窘める。

「『我が仏、隣の宝、婿、舅、天下の軍、人の良し悪し』ともいうでしょう？　ね、凌木先生？」

「定年退職した身には、滅多に若い人や別嬪さんと話せる機会なんてないのですよ。大目に見ておくれ。ちょっとくらいなら良いだろう、凌木先生？」

教え子二人に挟まれて、絢緒は苦笑する。

茶会や茶室では許されないことだが、少なくともこの教室では、そこまで雁字搦めにするつもりはなかった。

「結構ですよ。本来はいけないことですが、同じ教室内のコミュニケーションも大切ですから」

呆れの混ざった吐息を大袈裟に吐き出す女性の隣で、それは良かった、と初老の教え子が柔らかく笑う。

「実は先日、私の自宅のすぐそばで、火事がありましてね」

「まあ！」

「だ、大丈夫だったんですか⁉」

驚きの声を上げた女性が袖で口元を隠し、大学生がぎょっと目を剝いた。

絢緒も初耳だった。

「自宅は勿論ですが、お怪我はありませんでしたか？　ご家族の方は？」

こうして教室に顔を出せているのだから、大事はなかったのだろう。しかし、万が一のこともある。

気がかりに思って尋ねると、ご心配頂きまして、と初老の教え子は鷹揚に答える。

「火の粉が飛んで来たくらいで、家族も無事です。火元がゴミステーションだったのが、不幸中の幸いでしたな。ほら、人も余裕で入れそうな、アルミ製の檻みたいなやつです。火もすぐに消し止められて、近所でも怪我人はおりません。火事は火事でも、あれは放火でしょうな」

「この時期は空気が乾燥していて、火の回りも速かったでしょう。無事で何よりでしたね」

最近は本当に物騒です、と社会人が顔を顰めれば、初老の教え子も重く頷いた。

「火元の近所には児童館もありまして、昼間だったらと、ちょっと冷や冷やしましたねぇ」

そう言えば、と袖を整えた女性も口を開く。世間話に混ざることにしたらしい。

「二週間ほど前にも、多田八幡様の近くの幼稚園で、放火があったそうですわね。閉まっていた門の前が焼けたとか。ほら、近くに怖いお稲荷さんがある……」

「ああ！　縁切神社ですね！」

ポン、と大学生が明るく手を打った。頭上には点灯した豆電球が浮かぶようだ。彼女の口から、最近すっかり耳馴染(みみなじ)んだ単語が飛び出したが、絢緒は素知らぬ顔で耳を傾ける。

被害がなかったこともあって、話題は放火から縁切神社へと転がっていった。

「名前は聞いたことがありますけど、知っているんですか？」

「友達や先輩達が、良く肝試しに行っているらしいんですよ。わたしは絶対行きませんけど！　頼まれたって行きませんけど！　本当にお化けに会っちゃったらイヤですもん！」

社会人は恐らく、所在地や祭祀対象を尋ねたのだろう。伝わらなかった大学生は、ひたすら身を震わせている。ホラーが苦手なのは良く分かった。尋ねた社会人は、くだらない、とでも言いたそうにうんざり顔をしている。

ああ、と思い出したように、初老の教え子が顔を上げた。

「あの縁切神社なら、昔から、どんな縁でも切ってくれると有名ですからなぁ。私が若い頃に聞いた話では、妻子ある男性を奪うために、女性がお稲荷さんにお願いしたとか」

「その話なら、わたくしも聞いたことがありますわ」

知っている話題に口を挟みたくなったのか、女性も便乗してきた。

「男性は愛する妻子もあって、幸せに暮らしていたのですが、一人の女性が彼に好意を寄せたのです。男性に家族があるのは重々承知での恋慕でした。誠実な男性は、当然ながら想いを受け入れません。ずっと断り続けるのですが、女性は諦められず、職場や自宅にも押しかけるほど大胆になっていったそうです。逆上した彼女が、妻子にも嫌がらせをしたとか。今で言うなら、ストーカーですわね。どんな手を使っても靡かない男性に、業を煮やした女性は、お稲荷さんに捧げ物をしてお願いしました。それは、小さな桐の箱でした。男性と出会った頃から伸ばしていた、自分の真っ黒な髪を詰めた、ね」

ひゃあ！　と悲鳴を上げたのは大学生だ。社会人の顔色が蒼褪めているのは、ホラーな展開より、ストーカーのせいだろう。

「おや、随分と詳しいご様子ですな」

「弁えているだけで、わたくしだって、世間話に興味がない訳ではありませんのよ」

初老の教え子が半ば感心していると、女性は居心地が悪そうに身じろぎした。

茶の湯の心得を著した狂歌を引っ張り出してまで諫めた手前、バツが悪いのだろう。

「男女関係の縺れ話なんて、畳の目ほどもありますからなぁ。それに、この話が広く知られたのは、髪の束が入った箱が、実際に神社に置かれていたからなんですよ」

「ほ、本当にあったんですか！　噂じゃなくて⁉」

「男はどうなったんですか？」

詰め寄るように身を乗り出す大学生と社会人だが、初老の教え子の答えは、さあ、とつれないものだった。

「私は知らないんだけれども、この後をご存じですかな？」

「わたくしも分かりませんの」

唖然とする二人の反応を面白がるように、女性はコロコロと微笑んだ。

「男性は妻子共々、命からがら遠くに逃げたとか、お稲荷さんが願いを聞き届けて、男性は女性のものになったとか。実は、女性のお稲荷さんへのお願いは、男のこの世との縁を切ることで、一緒に心中した、なんていうのもございますわね」

「脅かさないで下さい。桐の箱なんて単なる悪戯で、その後の話は噂話、なんですよね？」

「結末が分からない以上、そうとも言い切れませんでしょう？」

恐る恐る確かめる社会人は、どこか必死だ。それを猫のように細めた目で眺め、紅を引いた女性の唇が弓なりに吊り上がる。

「昔から、女は恐ろしい生き物といわれているでしょう。情念に身を焦がす女なんて特に、ですわ。それを忘れて、火遊びなんてしようものなら、火達磨程度で済めば僥倖、骨も残らないことだってございますのよ」

甘やかな女性の声もあって、背筋がひやりと寒くなるような色香だった。

「この話の男性は違ったようですけれど、袖振り合うのも多生の縁、といいます。誰がどこでどんなことを想っているかなんて、当人以外には推し量れませんわ。アナタも凌木先生も、くれぐれもお気を付けなさいませ」

「は、はい！　気を付けます！」

「ご忠告、肝に銘じておきます」

己の女性としての魅力を分かっていて、武器に使える彼女が言うなら、素直に聞き入れておくのが正解だろう。

男二人の殊勝な返事に、女性は口元を隠して小さく笑った。

「まあ、良いお返事ですこと。多くの男性は嘘を吐く時、目が泳ぐそうですから、お二人は安心ですわね」

「おや、私は心配してくれないのかな」

「わたくし、目を見ながら平然と嘘を吐ける男性って、信用しませんの」

ばっさり切り捨てられ、ちょっとしょんぼりする好々爺をよそに、ほう、と感嘆の吐息を漏らすのは大学生だ。口もきけないほど怖がっているのかと思えば、大人の魅力に当てられて、すっかり女性の虜になっていた。しかし、突然ハッと我に返ると、難しい顔で腕を組み、そして今度は、何事か思い付いた顔で、再び右腕を真っ直ぐに上げた。

まさに、百面相だ。見るともなしに見ていた絢緒は、心中で感心した。

「はい、凌木先生！　さっきの苺大福って、余りはありますか？　あるならあたし、是非頂きたいです！」

「君、ここに何しに来ているんですか」

じろり、と見咎める社会人は盛大に呆れていた。

色気より食い気、花より団子。大学生が大人の女性へと花咲かせるのは、まだ随分と先のことらしい。

「怖い話さえ自分の魅力にできるスキルはないので、せめて、美味しいもので恐怖くらいは吹き飛ばそうと思いましまして！　だって、超美味しかったと思うでしょう⁉　凌木先生の手作り苺大福！」

「ま、まあ、否定はしませんが……」

大学生の気迫に押されながら、社会人が首肯した。同意見に心強くしたのか、大学生の目が輝く。身振り手振りを交えて、熱く語り始める。

「旬の苺の甘酸っぱさに、砂糖で煮たところを塩で締めた小豆の甘さが、これまた絶妙！格別の一品でした！　パスタを茹でようとしてキッチンを吹っ飛ばした身からすれば、毎回手作りっていうのが、もう！　素晴らしすぎて！　あたし、凌木先生の手作りお菓子を食べに来ていると言っても、過言じゃないですよ！」

「有り難うございます。気に入って頂けて、何よりです」

台所、爆発。

都合良く聞こえない見えない振りをしながら、絢緒はにっこりと笑って礼を述べた。

年長の教え子二人は目を丸め、絶句した社会人が慄（おのの）いているのは、きっと気のせいではないだろう。

彼女の料理の腕前と台所の状態が非常に気になるが、そこまで手放しで褒めてもらえるなら、作った甲斐があったというものだ。かなり年下の上司は食べてくれただろうか、と絢緒はちらりと思った。

「しかし、申し訳ありません。人数分しか持って来ていないので、余りはないのです」

「そ、そうですかぁ……」

項垂れた大学生ががっくりと肩を落とした。今までの太陽のような明るい溌溂さが嘘のように、萎んでいる。雨に濡れた子犬の方がまだ元気だ。

見かねた絢緒は、次回は多めに持参することをこっそり決心した。そこに、大学生の隣から何かを包んだ懐紙が、そっと畳の上に差し置かれた。寄せられた懐紙の中には、縦に半分に切られた苺大福がちょこんと鎮座している。気付いた大学生の目が星のように輝いたことは言うまでもなく、何でもない顔をしている社会人に大袈裟なほど礼を伝えていた。

彼が菓子切で苺大福を半分に切っていたことを思い出し、絢緒は微かに口元を緩める。口に合わなかったかと心配だったのだが、余計なお世話だったらしい。年長の教え子二人も微笑ましそうに笑みを零していた。

「良い機会ですから、茶席の菓子にも、少し触れましょう」

絢緒がそう切り出せば、教え子達は雑談をやめ、すっと背筋を伸ばす。

賑やかだった大学生も、譲られた苺大福から目を放し、真摯（しんし）な顔で耳を傾けている。

「濃茶には餅菓子や羊羹などの主菓子、薄茶には落雁や金平糖などの干菓子、ということはご存じでしょう。前者は四季をイメージして作られ、情緒ある銘が付けられます。後者は象ったものが多いです。しかし薄茶の席で、今日のように主菓子が出ることもあります」

初老の教え子はじっと聞き入り、心に留め置こうと女性や社会人の目も真剣だ。つい、絢緒の声にも熱が入る。

「茶会の菓子は季節を表現する役目もあります。和菓子は、茶会のテーマや季節に沿って趣向が凝らされるので、おもてなしとしては心強いです。ゆえに本来は、おもてなしをする側が手作りするものなのです。しかし、なかなかできませんから、和菓子の専門店で買うことになるでしょう」

途中から、分かりやすく絶望した大学生に気付き、絢緒は苦笑した。

「それから、必ずしも和菓子の必要はありません。親しい人を招いてのおもてなしや、自宅での茶会などに、パウンドケーキやマカロンを出すこともあります」

垂れてしまうクリーム系は適さないでしょうね、と言い添えれば、教え子達はそれぞれ小さく頷く。

「菓子を出された時、茶会のテーマや四季の風雅を込めた由来を耳で愉しみ、その美しい姿を目で愉しみ、そして舌で愉しんで、移ろいゆく季節を味わいます。どんな茶会でも一期一会です。おもてなしをするのもされるのも、今日この日この茶会を大切にするのが、茶の湯の楽しみ方ですよ」

講釈を打ち切り、絢緒はにこりと微笑んだ。

「心を込めて支度をし、おもてなしをしたら、当然仕舞いもあります。次は、茶碗が正客（しょうきゃく）から戻って来た後、仕舞いのお点前です」

教え子達が居住まいを正すと、それを見た絢緒も改めて気を引き締める。茶室の空気が静かに張り詰めた。

肆

揺れているのかいないか、そう感じる程度の車の振動は、神奈に容赦なく瞼を下ろさせようとする。暖房を切ったはずなのに、ウィンドウから差し込む午後の暖かな陽光だけでも十分眠気を誘われる。確か、こういう暖かな冬の日を、冬温しとか冬日和とか、そういうのではなかったか。

羽織を脱ぎつつ、神奈は頭の端っこで、そんなことをぼんやりと思い出していた。現実逃避ともいう。

着込んだコートの襟を首元まできっちり締め、マフラーに顔を埋めて車の外に出れば、うらうらとした陽気は感じるものの、それが肌を温める前に、水面の冷気を孕んだ川風が、問答無用とばかりに吹き飛ばした。体の芯を凍らせるような冷たさはないが、顔や僅かに服から覗く肌を遠慮なく撫でて、確実に暖を奪い去っていく。

陣郎の運転する廃車寸前のフーガで河川敷にやって来たのは、小坂威吹の所属していたサッカー部が練習をしているからだった。普段は校庭での練習が主のようだが、今日は野球部の練習試合があって使えないそうだ。

冬枯れした芝生が広がる土手の先には、土剥き出しのグラウンドが三面広がっていて、そのうちの二面に移動式のサッカーゴールが据えられている。小石混じりのグラウンドは、川に面した吹き曝しでもある。強い風が吹けば舞い上がる砂埃で、気管が詰まりそうだ。入試や自由登校の多いこの時期、赤苑高校以外の学校も、サッカーに限らず、運動に繰り出している。一番遠いグラウンドからは、ソフトボールをミットに叩き込む音が響いていた。

その様を眺めつつ、神奈は白い嘆息を漏らす。

「弾む息、迸る汗、雄叫びを上げる筋肉。眩しい青春で目が潰れそうだ。この寒い中、半袖にハーフパンツの人もいるよ。ボクなら凍死か心停止か、確実にご臨終だね。獄卒がお迎えに来てくれると良いけど」

「自主的に来い、って言うぞ、あいつ。お前も簡単にくたばるなよ」

隣に立つ陣郎が呆れたように半眼になる。

早朝ランニングを日課とする筋肉達磨の妖と、うら若き人間の乙女を並べないで頂きたい。体力の差なんぞ月とスッポン、太陽とカメムシだろう。

「分かっているだろうが、羽織もねぇんだから川に近付くなよ。舗装されたところから出るな。川の中に引き摺り込まれるぞ」

「はぁーい。こう寒くちゃ、近付きたくもないよ」

元気良く右手を上げて、神奈は良い子のお返事だ。先刻から水の腐った臭いが、鼻先に纏わりついてくる。刺激臭の元を辿ろうとする自分の目に気付いて、神奈はさりげなく、濁り切った湾処(わんど)から引き離した。慌てようものなら、視えていることに勘付いた奴に引き込まれてしまう。

「もしかして、ＯＢの方ですか？」

尋ねる声は弾むようだった。見れば、頭の高い位置で一つに髪を結んだ女子が人懐っこい笑顔を陣郎に向けている。着ている赤いジャージには赤苑高校サッカー部のロゴ。スクイズボトルの詰まった籠を胸に抱え上げている。彼女はマネージャーらしい。

強面の助手に声をかけられる彼女の度胸と社交性に、神奈は内心感動した。

「こんにちは！　女の子の見学なんて珍しいから、つい声をかけちゃった。サッカーに興味があるの？　マネージャーの方にも興味があると、あたし個人としては嬉しいな。あ、誰か気になる奴がいるとか？」

ずり落ちそうな籠を抱え直し、彼女は神奈にも溌剌ながら気さくに話しかける。可愛らしい笑顔もあって、魅力的なマネージャーだ。厳しい練習をこなす選手の癒しになっているに違いない。

「いいえ。ああ、見学といえば、見学なのですが」

神奈は眉をハの字にして、困ったような、申し訳なさそうな顔を作った。指先で頬を掻く仕種も付け加える。

「わたし達、小坂威吹君の従兄妹なんです。威吹君がやっていた部活の様子を、知りたいと思って……」

「え、あ、そうなの⁉」

驚いたのは部員の彼女だけでなく、陣郎もだった。必死に視線をぶつけて来ては、かっと見開いた目で事情を質そうとしている。

見て分かる通り、この助手は腹芸が苦手なのだ。

やれと言われれば、彼なりに努力はする。するのだが、結果に結び付かない。偽っているというプレッシャーと相手への申し訳なさで失言と挙動不審を繰り返し、相手にバレてしまう。陣郎本人も、充分に自覚していた。

それを知っていながら、神奈は陣郎に無感動な一瞥を投げただけだ。余計なことを言わないのは当然として、相槌くらいはできるだろう、と勝手に期待しておく。察した助手は是としつつ、今度はじっとりした抗議の視線を神奈に寄越した。

「もう元だけど、マネージャーだった宮路佳乃子です。このたびは、ご愁傷様でした……本当に」

籠を足元に下ろした女生徒は両膝に手を揃え、神奈達に深々と頭を下げた。滅多に口にしない挨拶を必死に唇から押し出し、顔を上げた彼女の目は赤かった。神奈も両手を揃え、深く頭を下げ返す。隣で陣郎が会釈する気配がした。

「恐れ入ります。驚かせてごめんなさい。威吹君がサッカーに夢中だったのは知っていたんですけど、実際には見たことがなかったなって。今更見学なんて、薄情かも知れませんけれど」

「そんなことはないよ！　どうぞ見学していって。何でも聞いてね」

「どうした、宮路」

騒ぎに気付いた男子部員が一人、こちらに駆けて来る。緑や赤のビブスを着けた部員に指示を出していたことから、部の中でも纏め役なのだろう。彫りの深い顔立ちと太い眉が印象的だ。筋の張った首から続く肩幅は広く、特に脹脛(ふくらはぎ)の筋肉はジャージの上からでも分かるほどに鍛え抜かれていた。

「あ、中峪(なかたに)。小坂くんのいとこちゃんが見学に来てくれたんだよ。お二人共、ウチの部長です。あ、もう元部長か」

「小坂の……、そうですか。三年の中峪総一郎(なかたにそういちろう)です。サッカー部の部長をしていました」

元マネージャーから手短に紹介と事情を聞いて、中峪は目を丸めて驚いていた。しかしそれも束の間、すぐに落ち着いた態度に改めると、頭を下げて弔意(ちょうい)を表す。運動部の男子高校生を取り纏めていたせいか、流石に泰然としている。

「部活中の威吹君、どんな様子だったんですか？　サッカーが好きだったのは知っているんですけど、詳しくないせいか、あまりピンと来なくて」

「あたしからすれば、サッカー馬鹿だったなぁ。ま、うちの連中は全員そうだけど。その中でも小坂くんは、力押ししちゃうタイプだった。考えるより直感で動く感じかな」

宮路は明け透けに言い切った。否定はしないけどな、と元部長の中峪が呆れている。

「でも、だからって勘を過信していない。それが毎日の練習に裏打ちされたものだって、知っていたからな。体を作るためには休みも必要なのに、我慢できないからって、休まずにサッカーをしていたよ。グラウンドに一番に来て練習していたくらい、サッカーが大好きだった。……けど、あんなことに……」

言い淀んだのは、威吹が死んだことだろう。

続く言葉を失う中峪に代わって、宮路が口を開いた。

「いとこちゃんは知っているかな。小坂くん、どうも調子が良くなかったらしくて、十一月の終わりくらいから、部活に来ていなかったの」

「部活に、ですか？」

初耳だ。神奈は、消える間際に威吹が取り乱していたことを思い出す。

「不調だったなんて、今初めて知りました。部活に来なくなるほどだったんですか。そう言えば威吹君、レギュラーを外されたとか、言っていたような」

「うん、それがショックだったみたい。あたしも、励ましたり話を聞こうとしたり、色々してはみたんだけど……」

結果は実を結ばなかったと、言外に宮路は伝えた。

後輩らしい女性部員が彼女を呼ぶ。それに答えた宮路は、失礼するね、と神奈達に几帳面にも頭を下げて、駆けて行った。

今度は中峪が切り出す。

「これでもウチ、結構サッカーが強くて有名だから、レギュラー争いは熾烈(しれつ)なんだ。今まで常連だからって、ずっとレギュラーだとは限らない。小坂は努力していたけど、それ以上に努力して、結果を出したのは他の奴だった。それだけだ。それに小坂、レギュラーを外される前から、何か変だったな」

「変、ですか？」

鸚鵡(おうむ)返しの神奈に、彼は言葉を探してか、少し黙ってから口を開いた。

「スポーツは、精神状態がプレーに影響することがある。多分小坂、何かあったんじゃないかな。相談もなかったし、聞いても答えなかったから、理由は分からないけど。だけど時々、思い詰めたような顔をしていたし、何より、練習に遅刻するようになった。目に見えて不安定にもなって、プレーもガタガタに……。チーム内で誰かと揉めるようなことはなかったけど」

レギュラーを外されたことが、絵馬を掛ける威吹の契機になったのは分かっていた。だが、それ以前にも彼のサッカープレーに支障を来すほどのことがあったらしい。

そうですか、と神奈は一つ頷いて、今度は違う質問をする。

「威吹君のポジションには、入れ替わってから、ずっと同じ人がついているんですか？」

「そう、新田っていう小坂と同じ一年生。ずっとベンチ入りだったんだが、他のメンバーとも上手くいっているし、調子も良いらしい」

ピクリ、と陣郎が反応した。

絵馬にあった名前——新田幸助だ。

あいつだよ、と中峪が指差した先には、蛍光の緑のビブスを着けた小柄な少年が、華麗なドリブルで、チームメイトを抜き去ったところだった。すかさず、別のチームメイトが張り付いて、ボールを奪いに来る。一回り体の大きな相手では力負けするのでは、と思いきや、小鼠のようにすばしっこい動きで相手を引き離した。

サッカーに明るくない神奈でも、あれが彼の武器なのだと確信できる腕前だった。前を向く真摯な表情は、今が心躍って仕方ないと言わんばかりに輝いている。

「楽しそうですね、とても。いや、楽しいんでしょうね」

「教科書を開くくらいなら、サッカーボールを触っていたいって連中ばっかりだからな。新田も含めて、一年なんて特に。尤も、引退したのに、部に顔を出している俺達三年が言えた台詞じゃないけど」

三年生ともなれば、この時期は受験真っ最中だ。神奈が聞けば、中峪や宮路は既に進学先を決めていて、息抜きもかねて、部活を覗きに来たのだそうだ。最初は見学だけのつもりだったが、後輩に引っ張り出されて、いつの間にやら、一緒にボールを追い駆けていたとか。

慕ってくる後輩は可愛いものだ。それに、卒業までの時間が惜しいのは、何も引き継ぐ先輩側だけではない。

事実、呆れた様子の中峪は苦笑しつつも、その目は温かかった。

「あいつらも、さ」

不意に、中峪がぽつりと漏らした。

「レギュラーの入れ替え前まで、小坂も新田も仲が良かった。でも、センスがあった小坂は、初めてのレギュラー落ちがショックで、しかも替わりが一度もレギュラー経験のない新田だったから、余計に落ち込んだらしい」

「新田さんは、どう思っていたんでしょう？　スポーツマンシップで、二人の仲が拗れることはなさそうですけど」

「ああ。新田は、小坂が部活に来なくなったのを気にしていたよ。申し訳なく思っていたとかじゃなくて、落ち込んでいないで技術を磨け、練習しろ、って意味でね」

神奈の問いに頷いた後、中峪はグラウンドに視線を移した。

「自分が今まで、そのポジションだったから、良く分かっていたんだろうな。壁にぶち当たるなんて、誰だって経験する。だからきっと、小坂は部に戻って来るって、皆思っていたところに、あんな事件が……」

小さく落とされた中峪の溜息には、やるせなさが込められていた。

「新田だけじゃなくて、部員の皆、腹を立てて、落ち込んだよ。怒鳴ったり、大泣きする奴もいた。宮路は泣きすぎて、熱を出して寝込んだくらい。小坂本人だって、悔しかっただろう。……あの……」

神奈に向き直った中峪は、あの、ともう一度繰り返す。横目で一瞥した先には、宮路が後輩らしいマネージャーに向かって、熱心に指導している姿があった。

「答えづらいのは重々承知だけど、犯人とか手掛かりとか、警察から聞いていたりしないかな。何でも良いから」

「いえ、何も。警察も捜査中ですから」

心苦しいが、成仏屋として、従兄妹として、神奈はそう答えるのが精一杯だ。

「そう、だよな。聞いたところで、気が晴れる訳でもないんだけど。こんなこと聞いて、ごめんな」

無神経だった、と深く謝る彼に、神奈は首を横に振る。頭を下げた角度が、初めて会った時の小坂威吹の謝罪と同じだ。

　高い笛の音を聞くと、宮路が他のマネージャーと共にスクイズボトルの詰まった籠を抱えて、グラウンドへ飛び出して行った。部員の休憩時間は、マネージャーにとって戦争だ。

　ちょっとごめん、と断り、中峪も集まって来たメンバーに何事か指示を出す。それまで俊敏な動きを見せていた部員達が、へたり込んだり体を解したりと各々に動き出す。

　足元に転がって来たサッカーボールを睨み付け、否、視線を落として、陣郎が神奈の肩をちょいちょいとつついた。

「これ、蹴鞠とは違うんだよな？　人間がやっているのを見たことはあるけどよ、やったことはねぇな」

　そうだね、と神奈は頷く。プレイヤー一人では、楽しいゲームもできない。

「知っているだろうけど、蹴鞠は一定の高さに蹴り上げて、下に落とさないように蹴り続ける。サッカーは、相手のゴールにボールを入れたら得点なんだ。あと、手を使ったら駄目だよ。ボクも詳しくはないんだけど」

「蹴鞠のイトコのハトコみたいなもんか」

「ほとんど他人だね、それ」

「おお！　おにーさん、良いカラダをしているッスね！」

　わしゃわしゃと汗で濡れた髪を拭きつつ、茶髪の部員が陣郎に声をかけて来た。改めて見た陣郎の顔立ちに二歩後退りしつつも、同じく運動する人間だと思ったのか、彼は肝の据わったコミュニケーション能力で会話を続ける。

「サッカー、やるんスか？　どッスか？　ちょっと遊びませーん？」

「こら！　ご迷惑をお掛けするな、佐野川！」

　ＯＢか何かと勘違いして、にやりと笑う彼の顔は好戦的だ。軽い口調を聞き咎めて、元部長らしく中峪の叱る声が飛んで来た。しかし、佐野川は慣れた様子で、適当にあしらってしまう。中峪と同じ学年なのだろう。

　対する陣郎は、まさか誘われるとは思っていなかったらしい。見事な真顔になっていた。困っているのだ。

「いや、俺は見学だ。やったこともねぇし」

「やったことないの⁉　サッカーを⁉」

　返って来た答えに、マジで⁉　と佐野川は口をあんぐりと開けた。無理もない。

　就学児童以前でも、子供が集まればボールで戯れる経験くらいあるだろう。妖である陣郎には、学校は勿論、柳屋以外の集団に所属した経験がない。

　存外律儀な性格をしている彼は、良く分からないながらも、サッカーボールに靴の裏を載せた。こうだったたか、と先刻までの練習風景を思い出しつつ、足の甲をくるりと返して、ボールを巧みに掬い上げる。ふわり、と目の高さまで浮き上がらせ、落ちて来たボールを踵の内側で受け止めた。そのまま頭の高さまで蹴り続けてみせる。

「おお、上手いじゃないか」

「こう、か？　良く分からねぇな」

神奈の讃辞に照れることなく、陣郎は正直な感想を漏らした。着ていたモッズコートを神奈に押し付けると、そこにいろよ、と言い含め、佐野川に誘われるまま、グラウンドへ駆け出してしまう。やはり、サッカーが気になっていたらしい。

途中、陣郎はハンドの反則を思い出したのか、慌ててパンツのポケットに両手を突っ込んだ。胸や肩で跳ねたボールを受け止めたり、踵で蹴り上げたりと、軽やかに走ってゴールに向かう。サッカー、というものに手探りらしく、盛んに首を捻っているのが見えた。

中峪の牽制も聞かず、面白半分で陣郎に突っ込んで行く部員達を、ひょいひょいとボールと一緒に軽く往なしてしまう。ボールが陣郎の体にじゃれ付いているように見えるから、何とも不思議だ。

しかし、元々サッカーを蹴鞠の親戚くらいにしか思っていなかった彼である。一度も、ドリブルやパスをしていない。できているのは、ハンドをしていないことくらいだ。

神奈が呆れ半分でそんな様子を眺めていると、中峪が同じようにグラウンドを見ているのに気付いた。唖然としている彼に近付き、お邪魔してすいません、と軽く頭を下げる。休憩中とはいえ、部活の妨害をしているのは明らかだ。

中峪は、いや、と短く否定して、再び視線をグラウンドに戻した。生真面目な横顔が感心している。

「あんなに速く走っているのに、一回もボールを地面に着けていない。サッカーじゃない、サッカーじゃないけど、巧いな」

「ルールが分かっていませんから」

「でも、運動のセンスが良い。何か運動をやっているのか。体格も凄く恵まれているし、自分の体の使い方が分かっているというか」

中峪の台詞は、最早独り言に近いのだろう。

実は人間じゃないんです。とは言えず、神奈は話題を変える。

「部活に来なかった間、威吹君は何をしていたんでしょう？　あんなにサッカー好きだった威吹君が、部活に顔を出さなくなるなんて……」

「うーん、すぐには思い付かないな。部活に来ないと、学年が違う俺じゃあ、滅多に話すこともなくなる。遠目に見かけるくらいだ」

でも、まあ、と中峪は腕組みして、思い出そうとする。

「素行の悪い連中と付き合っている、っていう話も聞かなかったな。塾や予備校へ通っているようには見えなかったし。やっぱり、こっそり練習していたんじゃないかな」

「おれ、隣の駅で、小坂に会ったことがありますよ！」

そう話に入って来たのは、先刻中峪の話に出て来た新田幸助だった。夢中で汗を拭ったのか、日に焼けた赤茶の髪があちこちに跳ねている。鼻の周りのそばかすで、学年より幼い印象だ。

彼は丸い目をクリクリさせて神奈に会釈をすると、運動部員の一年生らしく元気一杯に答えた。

「部活に来なくなった頃、帰りに偶々見かけたことがありました。おれは部活帰りに自転車で、小坂は駅から出て来たところだったみたいです」

聞いた駅名は、威吹の自宅の最寄駅ではない。そして、死んだ彼のいた公園が歩いて行ける距離にある。

「電車？　小坂くん、確か自転車通学じゃなかったっけ？」

戻って来た宮路が聞き咎め、首を傾げた。新田も頷く。

「そのはずなんですけど、その時は電車でした。何とか捕まえて、皆心配しているし、部に顔くらい出せよ、って言ったんですけど、放っといてくれ、ってすっごい剣幕で怒鳴られちゃって。あんまりしつこくするのも悪いから、おれ、そのまま……。あいつを見たの、それが最後になっちゃって……」

「そっか。新田くん、ありがとうね」

その時を思い出して段々口籠る後輩に、宮路が慰めるように背中を軽く叩いた。マネージャーとしてというより、彼女自身の励ましと感謝だった。

怪訝そうなのは、中峪だ。

「小坂の自宅はそっちじゃなかったよな。あいつ、電車にまで乗って、そんなところで何をしていたんだ？」

分からないです、と新田がはっきりと答えた。

「でも、サッカーをしていたようには見えなかったです。あの辺り、家ばっかりだし、スポーツバッグも持っていなかったですから。駅の近くにあるのは、予備校とかピアノ教室とかですし」

「あの小坂くんが、勉強……？」

新田に続き、宮路も神妙な顔で首を傾げる。威吹が進んで机に向かう性格ではなかったことは、周知の事実らしい。

「どこかに遊びに行っていたとか、公園で自主練とかでしょうか？」

その可能性は低そうだが、神奈は心当たりを混ぜて尋ねた。案の定、新田が首を振った。

「おれもそうだけど、サッカー漬けの毎日だから、いざ遊ぼうとしても、遊び方が分からないんだよ。遊んでもすぐに飽きちゃう。小坂も多分、そういうタイプ。それに今、公園はボール持ち込み禁止が多い。自主練できる場所も限られているんだ」

子供の声やボールを蹴る音の苦情、幼児への配慮で、公園でのボール遊びを禁止している自治体は多いのだ。

「フットサルの会員とかになれば場所は借りられるけど、あいつ、不調になってからピリピリしちゃってたから、初対面だらけの中じゃ、サッカーは無理だよ。クラスでも浮いていてさ、隣のクラスのおれでもハラハラした」

あ、でも、と一際大きな声を出した新田が、大きな目を更に大きくする。

「親切にしてくれる子がいたみたいだ。ノートを貸してもらっているのを見たことがある。同じクラスの周東さん」

「何だってぇぇぇぇぇぇ！」

話に割って入って来たのは、陣郎をサッカーに誘った佐野川だった。

「周東さんってあれか！　学年どころか学校一可愛いと噂の、周東未散ちゃんか！」

「佐野川さん、知り合いなんですか？」

「いや、全然。だが可愛い子のチェックに抜かりはない！」

新田が尋ねると、佐野川が断言する。鼻息も荒く、いわゆるどや顔で親指を立てる彼だが、頭から被ったタオルの下からは、滝のような汗が滴っている。全体的に埃っぽいのは当然としても、ユニホームの前身頃が特に砂と泥だらけだ。神奈が唖然としていると、誘った手前、未経験者からボールを奪えないのは面子が立たないと、何度も陣郎に挑んだものの、結果惨敗したそうだ。

「お前、それで元レギュラーは恥ずかしいぞ」

「引退したからって鈍りすぎじゃないの」

「ぐうの音も出ない」

元部長と元マネージャーの冷たい視線が、容赦なく佐野川に突き刺さった。がっくりと項垂れてみせる彼は、社交性に富んでノリも良い。

「その周東末散さんは、学校の有名人なんですか？」

女子の名前が出て来るとは思わなかった。神奈が尋ねると、新田と佐野川が盛んに頷く。

「超美人さんなんだよ！　成績はいつも上位だし、小坂にノートを貸すくらい優しいし。佐野川さん、才色兼備って、ああいう人のことですよね？」

「おう。卒業式でピアノの伴奏をするのが、その娘(こ)だって聞いて、オレ、凄ぇ楽しみにしてるんだよ」

「威吹君と親しかったんでしょうか。付き合っていたとか」

半信半疑で神奈がそう尋ねれば、案の定二人は首と手を横に振って否定する。佐野川に至っては、何だか必死だ。

「違うと思う。周東さん、クラスメイトだから親切にした、って感じだったし」

「もしそうなら、小坂は隠せなかっただろうな！　あいつ、隠し事はド下手だったから」

明るく笑う二人だったが、ふと落ちた沈黙には悲痛の色があった。

それを打ち払うように、佐野川がおどけた様子で宮路を呼ぶ。彼女は生徒会に属していた関係で、周東と親しいそうだ。可愛い後輩なのか、新田と佐野川以上の反応で、人となりを披露してくれた。

「ああ、そうだ。威吹君とは関係ない話なんですけど」

宮路からも周東について聞かされた後、神奈は今思い付いたように話題を振る。

「この辺りで縁切神社が流行っている、って、ちょっと小耳に挟みまして。本当ですか？」

「は？　何だ、それ？」

「何だか、物騒な名前ですね」

「あたし、知っているよ！」

怪訝そうな部員達の中、明るい声で宮路が挙手した。腰に両手を当てた彼女は、ポニーテールを揺らして得意そうに胸を反らす。

「女子の間で話題になったことがあったんだ。確か、嫌いな人や憎い人、呪いたい相手の名前を絵馬に書くんだって。名前を書かれた人は、大変な目に遭うとか。だよね、いとこちゃん！」

「そんな話だったような、そうじゃなかったような」

話を戻された神奈は、曖昧(あいまい)に笑って誤魔化す。

見事に内容が尻切れ蜻蛉だ。どこかの漫画の設定で聞いた気がしないでもない。

「た、大変な目って何ですか？　怪談とか怖い話で聞くように、死んじゃうとか？」

若干青くなった顔で、口の端を引き攣らせる新田。さあ、と小首を傾げる宮路は可愛らしい。

「あたしもやったことはないからなぁ。でも友達の話では、嫌っていた嫌味出っ歯の化学の先生がハゲ散らかりますように、ってお願いしたら、次の日実はズラだったことが発覚した、って」

「それは……確かに、大変な目ですね」

「絵馬を掛けるまでもなかった話だよな」

新田が何とも言えない顔になり、中峪がそう結論付けて嘆息した。

「取り敢えず、流行っているって言われても、俺達はあまり知らないんだ。俺なんて、初めて聞いたくらいだし。噂って、実際はそんなもんだよ。それがどうかした？」

「いえ、噂で聞いただけだったので、本当だったら怖いな、と思っただけです」

やっぱり噂は噂でしたね、と神奈は話を打ち切った。

丁度、何度目かのゴールを決めた陣郎が、すがすがしい顔で戻って来たところだ。短い時間だったが、すっかり満喫できたらしい。後ろのグラウンドに転がるのは、部員達の死屍累々。ただでさえ激しい練習で疲弊していたところに、体力食欲無限大の助手が乗り気になれば、とどめを刺したも同然だ。

　この後の練習の悲惨さが目に浮かぶようで、申し訳ないことをしてしまった、と神奈は少し後悔した。

　それでも、またやりましょう、是非来て下さい、と別れ際に輝かんばかりの笑顔で誘われて、陣郎も悪い気はしなかったのだろう。手を上げて、応えていた。

　赤苑高校サッカー部に礼を言って、河川敷を後にする。駐車場は、サッカーグラウンドの隣に並ぶテニスコートの先だ。

「おい、何か分かったのか？」

　歩き出した神奈の隣に並び、陣郎がそう尋ねた。その足取りはかなり悠長で、こんなところで足のコンパスの長さを自覚させられる。

「小坂威吹や縁切神社について、聞いていたじゃねぇか」

「君の耳なら、奈落の底に落とした針の音も拾えるだろうね」

　グラウンドを走り回りながら、話の内容に聞き耳を立てていたらしい。嗅覚だけでなく、聴覚も恐ろしく優れている助手だ。

「部活中心だった威吹君だから、縁切神社の話も部活で聞いたのかと思ったんだけど、彼らの話からすると、どうも違うみたいだ」

「そんなことより、ボールを追い駆けていたいっつーガキばっかりだったしな」

神奈の台詞に、陣郎は笑って頷いた。一緒になってボールを追っていた彼が言うのだから、間違いない。

絢緒の言っていた通り、縁切神社の情報はクリック一つで得られる話ではある。しかし、昨夜の威吹は人から聞いたらしい発言をしていた。頭より先に体を動かす彼が、同じ部活の仲間を呪うくらいだ。彼に縁切神社について話したのは、彼自身が信用していた人間、つまり部活仲間だと思っていたのだが、当てが外れてしまった。

「お前、何で縁切神社の話の出所を探しているんだ？　小坂威吹がこの世に留まる理由と、何か関係があるのか？」

尋ねる陣郎に、確信はないけど、と神奈は少し困った顔で答えた。

「威吹君に部活仲間の絵馬を書かせたくらいだ。彼が信用していた人なら、何か知っているんじゃないかと思ってさ。あ、新田君への呪いは、やっぱり失敗のようだね」

新田幸助の様子を思い出し、神奈がそれについて話すと、ああ、と陣郎も思い当たったようだ。

「あのすばしっこいガキか。どう見ても、呪われているような感じじゃなかったな。お前の話だと、本当に呪われているなら元気じゃねぇんだろ？　あいつ、自分が呪われていたことも知らねぇだろうよ」

にやり、と笑う陣郎に、良かった、と神奈は小さく息を漏らす。

新田幸助を呪い、絵馬を掛けたことについて、死んだ今でも威吹は罪悪感を抱いている。事実は消せないだろうが、粟粒ほどで良いから慰めになれば、と神奈は傲慢にも思うのだ。

「その新田君曰く、威吹君が部活に出なくなった頃、関係なさそうな駅で会ったそうだ。彼がいた公園に近い駅だよ」

「あいつ、何であの公園にいるんだろうな。殺された場所の近くなんか、いたいものじゃねぇだろ」

陣郎の質問は独白のようだった。

威吹の遺体が発見されたのは、あの公園からそう遠くない路上だ。深夜から降りた霜で、更に冷たくなっていた、と神奈が見返した地方のネットニュースにあった。

「威吹君を刺した犯人は、本当に通り魔なんだろうか」

ぽつり、と零した時、不意に耳鳴りが襲った。冬の空気に凍りそうな耳の奥で、高い音がつんざく。

足を止めた神奈に気付き、二歩分進んだところで、陣郎も立ち止まった。振り返り、眉根を寄せる助手に、神奈は言い募る。

「あの周辺で、同じような通り魔事件は、以前も今もないんだよ。だったら、威吹君個人を狙った可能性も考えたくなるだろう？」

「だったら、心当たりの一つでもありそうなもんだが」

顔を上げた陣郎が、よぉ、と気軽な様子で手を上げる。つられて、神奈も見上げた。土手の上で、犬を連れた中年があからさまに不審そうな顔だ。しかし、助手の人相を見るや、リードを引っ張って足早に去って行った。

二人が見上げた土手の上には、小坂威吹がぼんやりと立ち尽くしている。だが、それも束の間、彼の姿は冷たい川風に溶けてしまった。

伍(ご)

とっくに夜も更けた、いわゆる丑三つ時の頃。

物音を聞いた気がして、神奈はぼんやりと目を覚ました。壊さんばかりに襖を引く音と同時に、荒い足音が飛び出して行く。

「神奈、起きて下さい。ご無事ですか？」

叩き付けるようなノックの後、切羽詰った絢緒の声がかかる。安否確認とは穏やかではない。確か、何かが割れるような音だった、と神奈はまだ夢うつつの脳味噌で、体を起こす。瞼がくっ付きそうだ。今にも強行突破しそうな勢いになったノックに気付いて、慌てて応える。

「今起きた。どうしたの？　何かあった？」

「ベランダの硝子(ガラス)戸が割れたようです。外から割られた可能性があります」

絢緒の返事は簡潔だった。

ここはマンションの六階。両隣の住人が、わざわざ隔壁(かくへき)から乗り出してまで、そんな嫌がらせをする利点が、神奈には思い付かない。外から――つまり、外壁を伝っての攻撃や侵入も、そう簡単にできないだろう。勿論、相手が人間の場合に限るが。

「今陣郎が確認しています。神奈、本当にご無事ですか？　怪我は？　そちらに異常はありませんか？」

「へーきへーき、何もない。今出るよ」

なかなか部屋から出て来ないことを心配したのか、絢緒が矢継ぎ早に確認をぶつける。ドアの下の隙間からじりじりとした焦燥と苛立ちが染み出して来そうだ。それに急き立てられるように、神奈は布団から抜け出した。

春が近付いても、深夜の空気は冷える。

羽織を引っかけ、ドアの外で待っていた助手と、リビングに向かった。

暗闇の中で、炯々と輝く二つの金色。絢緒が迷いなく照明パネルを叩くと、ジャージ姿の陣郎が硝子戸の前に立っていた。レールから外れんばかりに暴れるカーテンを掴んだまま、二人の姿を認めると、無事だな、と一つ頷く。真っ先に駆け付けた彼は、外の様子を窺っていたらしい。

「ここは硝子戸を割られただけで、大したことはねぇよ。侵入されてもいねぇし」

「それは何よりです」

応える絢緒の声は、二月の夜気より冷たい。

「硝子戸の一枚や二枚で今更驚きはしませんが、この時期この時間を狙ったことに殺意を抱きます」

「勘弁してくれないかな、本当に」

睡眠不足だ、と神奈は肺が縮むほど溜息を吐き出して、がっくりと項垂れた。

ベランダへ通じる四枚の硝子戸の内、割れていたのは向かって一番左の硝子戸だった。下の方に大きな破片が一、二枚、サッシに引っかかっているだけで、残骸となった殆(ほとん)どの硝子は床に落ちている。閉じていたカーテンのお陰で、そう散らばってはいない。その中で一際(ひときわ)目立って転がっているのは、子供の頭ほどの石だ。運が悪ければ、大怪我どころでは済まなかっただろう。

ぶるりと、神奈は体を震わせる。咄嗟に羽織の前を掻き合わせた。

投擲(とうてき)の恐怖のせいではない。襲撃されることは、実はそう珍しくないのだ。むしろ、被害がこの程度で良かったとさえ思う。

這い寄る冷気に、神奈は両腕をさすった。すかさず、絢緒が厚手のカーディガンを肩に掛ける。

割れた硝子戸から、夜気と共に吹き込む激しい風。外気温と室温の差は、ほぼないだろう。暖房をつけたところで焼け石に水だ。風が甲高く鳴いて耳に障る。

「寒さも勿論ですが、問題は私達を狙ったのか否かです」

硝子戸を見やる絢緒の目付きは鋭い。

「いくら強風でも、地上の石が、わざわざ六階のこの部屋を選んで突っ込んで来たとは思えません」

「それに、さっきから礼儀を知らねぇ奴が上で騒いでいやがる。この風もそのせいだな」

上というのはマンションの上空らしい。硝子戸を開けた陣郎が夜空を睨み付け、押し黙る絢緒は意識をそばだてて、それぞれが気配のようなものを探っているらしい。長寿の妖の二人が口を揃えて言うなら、正体は妖なのだろう。見鬼といえど人間である神奈の目では、夜の闇には対応できない。

神奈の口から嘆息が漏れる。

「妖が原因じゃ、硝子戸の弁償は無理かな。諦めるしかなさそうだ」

「だったらせめて、本人達に謝らせるのが筋だな」

振り返った陣郎は口の端を上げて笑う。顔の皮膚が細かく毛羽立ち始めていた。

「おい、俺が行く。いいよな？」

「はいはい、さっさと行きなさい」

絢緒が追い払うように手を振った。

陣郎の頬を始め、長く黒い獣毛が、血色の良い肌を覆い尽くしていく。神奈の見上げる高さにあった陣郎の頭がするりと下がり、関節が軋む音とともに、歪(いびつ)な四つん這いのような格好になる。

獣毛だらけの頭を振って鼻先を前に押し出したかと思えば、バリバリと口が耳まで裂けた。息の詰まるような音をさせて皮膚を引き伸ばし、毛並みが揃い始めた体からは、太い木が折れるような音や硬い石が削れるような音が聞こえる。骨格を作り変えているのだ。逞しい筋肉が溶岩のように蠢き、黒い粗金の体躯が出来上がる。

ジャージの残骸を撒き散らして現れたのは、神奈の体よりも大きな漆黒の獅子だ。

大きな黄金色の目玉をどぎつく光らせ、たっぷりとした艶やかな霊毛を夜風に靡かせている。剛健な脚がフローリングの床を踏み締め、正体を現した陣郎は勇ましい咆哮を上げた。助走の勢いを殺すことなくベランダの手すりを蹴って、弾丸さながら夜空へと飛び出して行く。

神社に鎮座している狛犬のお役目がそうであるように、彼の役割もまた、魔除けや退魔だった。ただし、こちらの獅子の害するものは、成仏屋のそばにいるだけあって、邪気まみれの妖、悪意ある生きている人間や死者など、多岐に渡る。陣郎の恐ろしい風貌は、それらを威嚇するためでもあるのだ。

仇なすものに咆哮を浴びせ、時に鋭い牙と爪で引き裂いて、容赦なく追い払う。それが、神奈の番犬である黒滝陣郎の仕事だった。

ちなみに、動物園の檻の中で寝転がっているライオンと同一視されがちだが、想像上の動物とされている獅子は、全くの別物だ。

「相変わらず、はっやいなぁ。もう視えないや」

様子を窺おうと、神奈が無事だった硝子戸越しに覗いてみるも、厚い雲に覆われた闇夜が広がっているだけで、陣郎の姿どころか星も見えない。

「『本人達』って、一人じゃないのか」

「はい、気配は二つです。神奈、こちらに」

律儀に答えたもう一人の助手は、風邪を引きます、と神奈の肩を押してソファに促した。せめて割れた硝子戸は塞ぎたい、と神奈が動こうとするも、有無を言わせない笑顔の絢緒が、テーブルクロス引きのような手付きでカーディガンと羽織を引っぺがす。あっと言う間もなく、改めて着せられたカーディガンの前の釦（ボタン）が留められ、その上から羽織の袖を通せられる。最後にブランケットを頭から被せられ、蓑虫もどきにされれば、神奈に動く気もなくなる。

世話を焼いているように見えるが、要は、大人しくしていろ、という絢緒の実力行使だ。有能な助手は箒を持ち出し、散らかった硝子と布切れになった陣郎のジャージを、手早く回収している。替えの服の用意も忘れない。

「ボクには気配は分からないんだけど、上に妖が二人もいるの？　陣郎は平気かな」

「問題はありません」

にっこりと笑った絢緒の目は、笑っていなかった。

「あれくらいで怪我でもしようものなら、あの駄犬、うちから叩き出します。陣郎が筋を通すと言ったのですから、ここに連れて来るつもりでしょう。仮に何かあっても、私が対応しますので、神奈のご心配には及びません」

「その時のボクの心配は君のやりすぎだよ。この部屋に入る大きさだと良いんだけど」

掌に載ってしまうものから見上げるほどの巨躯まで、妖の大きさは千差万別。これ以上、家の被害を出されるのは、勘弁願いたい神奈である。

「絢緒が気配を読む限り、見知った妖かな」

「いいえ。直接関わりのある者ではないと思います。相手が一方的に、私達を知っている可能性もありますが」

ただ、と絢緒は顎に指を当てて、考える風情を見せる。

「少し奇妙な様子ではあります。一方が一方を追い駆けているような。いずれにしろ、陣郎が連れて来た時に……ああ、戻りましたか」

返事のような唸り声。金色の瞳を光らせて、真っ黒な獣がフローリングに爪を立てる。

宣言通り、何かを捕らえて来たらしい。じたばたと暴れる白っぽいものを口に咥えている。

太い前足の下でぐったりしているのは、荒ぶっているやつよりは大きい毛むくじゃらだ。

黒い獅子は咥えた獲物を勢い良く吐き出すと、前足で二匹を器用に押さえつけ、二、三度頭(かぶり)を振った。体が濡れた犬が水を飛ばすように、大きな体を震わせては風を起こす。前に押し出された鼻と大きな口が徐々に引っ込み、それに連れて、黒い獣毛がその下の皮膚に溶け、人間の素肌を覗かせた。

「今戻った。ああ、クッソ寒ぃ」

「お帰、うわぁっとぉお！」

人間の陣郎の顔を見るや否や、神奈は慌てて、ブランケットを顔に押し当てた。妖から人間の男性型に化けたのだから、陣郎の現状は想像するまでもない。筋肉を詰め込んで引き締まった体は視界に入れてしまったものの、六つに割れたバッキバキの腹から下は見ていない、はずだ。

せめて隠しなさい、と叱った絢緒が、丸めた服でも投げ付けたらしい。陣郎の呻き声が聞こえた。何とも理不尽である。

さて。

助手達の言う通り、連れて来られた妖は二人だった。

テーブルを挟んだ向かいのソファの左端で、少女が口をへの字にひん曲げている。神奈よりもずっと小柄で、見た目だけなら十歳ほどだろうか。山吹色の地に、手鞠を描いた飛び柄小紋から覗く手足は白く幼い。横一文字に切り揃えた前髪に、顎の辺りで綺麗に整えた黒いおかっぱ。くっきりした目鼻立ちから、利(き)かん気(き)の強さが窺えた。膝の上で小さな拳を握り締め、心なし頬を膨らませて、そっぽを向いている。本人は立腹しているつもりらしいが、実際の年齢はともかく、まるで不貞腐れた子供だ。

そして、同じソファの右端にちょこん、と座っているのは、小さいおっさんだ。

元は毛むくじゃら、今は小さいおっさんの彼は、行儀良く両足を揃え、むちむちした両手で顔を覆って泣いていた。蓬色の十字絣が破れていたり、腕に引っ掻き傷があったりと、あちこちがボロボロなのは、捕縛した陣郎のせいだけではなさそうだ。バランスボールのような体躯を小さく丸めては、しくしくと啜り泣いている。紺の帯を何とか巻き付けている腹が、しゃくり上げるたびに揺れていた。

終始この様子で、どこからどう見ても、虐めっ子と虐められっ子の図だ。

部屋には、小さいおっさんの嗚咽とファンヒーターの温風を吐き出す音、それからガムテープを伸ばしては切る音が響いている。役目を失った硝子戸は、陣郎が段ボールで応急処置の真っ最中だ。

お茶出しを終えた絢緒が、そばに立ち控える。それを合図に、神奈は口火を切った。

「まず、自己紹介しましょう。ボクは柳の成仏屋、柳月神奈と申します。柳屋、と言えば、聞いたことがあるかも知れません。俄か大工もお茶の給仕も、ボクの助手です。実はついさっき、うちの居間の硝子戸が割られちゃいまして。折しも、我が家の上空で喧々囂々、ギャースカピーヒャラと、何とも騒がしいお二人がいらっしゃった。それで、お話を伺おうと思った次第です」

「あ、あの、おら」

「知ったことではないわ」

恐る恐る切り出そうとした小さいおっさんを押し退け、子供らしい甲高い声がぴしゃりと言い捨てる。彼らの様子から、すぐに返答が得られるとは思っていなかった神奈は、口に運ぼうと持ち上げた湯呑を、再び両手に収めた。全身から警戒のオーラを醸(かも)し出す少女が、剣呑(けんのん)な目をこちらに向ける。

「柳屋の話なら、耳にしたことがある。何やら、死者が視えて妖と話す、けったいな人間だと聞いていたが、よもや斯様(かよう)な子供とは。何にしろ、わしには何ぞ、関わりもない。そなたの家に石が放り込まれたことなど、知ったことではないわ」

「石のことなんて、ボク、一言も言っていませんけど、鳩(はと)の御神使(ごしんし)様」

「な……！」

凶器の石について、まだ誰も触れていない。陣郎が二人を捕縛中、絢緒が片付けたために、連れて来られた二人は目にしていないのだ。

神奈は少し温くなった湯呑に、漸く口を付けた。少しだけ塩気を含んだ焙じ茶から、桜の香りが立ち上る。

絶句する少女──八幡宮の御神使は、否定もなく、忌々しそうに唇を噛み締めている。

投擲の犯人の指摘だけが理由ではないだろう。神奈が見ると、今まで嗚咽を漏らしていた小さいおっさん――こちらは稲荷神社に仕えている狐の御神使だ――が、目を引ん剥き、蜜柑でも放り込めそうなほどに口を開けている。見た目は狐というより、狸だが。

　平和の象徴として知られる鳩だが、日本では、八幡宮に祀られる八幡神の使者とされている。

『徒然草』で法師が勘違いした石清水八幡宮や、修学旅行先としてお馴染みの鎌倉の鶴岡八幡宮を始め、一説には、小社を含めると全国に約四万社以上あるとされる八幡宮。その総本宮が大分県の宇佐神宮だ。主祭神とされている八幡大神は応神天皇の神霊、誉田別尊とされ、六世紀の欽明天皇の頃、今の大分県宇佐市に初めて示現したとされる。

　八幡宮の地位が高まったのは、奈良時代のことだ。東大寺建立の時、宇佐の巫女に、奈良で大仏を作るよう神託が下り、聖武天皇がこれに従ったことで、皇室でも八幡神を祀るようになった。

　そして八幡信仰は、平安時代後期に、武家の棟梁である清和源氏と結び付く。清和源氏の一人、武勇で知られた源義家が、石清水八幡宮で元服した後、『八幡太郎』の通称を名乗った。後に、天下をとった清和源氏が鎌倉幕府を開いたことで、八幡信仰が全国の武士の間で広まり、そして国家鎮護や家運隆昌を齎す神になったのだ。

　ところで、鳩が八幡神の使いとされたのは、誉田別尊の示現した姿が金色の鳩に変じた伝承からだ。宇佐神宮から石清水八幡宮へと分霊する時や源氏が祈願した際、金の鳩が現れたという古伝もある。

「確かに昨日、八幡宮には行ったけど」

困ったように、神奈は後ろ首を掻いた。小坂威吹の絵馬を探すべく、多田八幡宮を通った。それだけだ。深夜に自宅を襲撃される理由が分からない。

「うちに夜襲たぁ、随分な真似をしてくれるじゃねぇか、ちびっこ」

修繕を終え、床に胡坐（あぐら）を掻く陣郎が逞（たくま）しい腕を組んだ。その額には太い青筋が浮いている。顔だけ見れば、陣郎の方が余程犯人、しかも凶悪犯である。

「こっちはクッソ眠ぃわ、寒ぃわで、散々だ。平身低頭で謝罪しろよ。あるいは慰謝料として、賽銭を寄越しやがれ」

「新手のカツアゲか」

「鳩は初めてですが、躾できないこともないでしょう」

「守ろう、鳥獣保護。やめよう、動物虐待」

微笑む絢緒が恐ろしいことを言い出した。神奈はそれぞれにツッコみを入れ、今話しているのはボクだ、とも諫める。

可哀想に、真っ青になった狐の方（かた）が、マナーモードのような痙攣を起こしている。助手達に脅され、皮肉をぶつけられて、忌々しそうに押し黙った鳩の方（かた）は、それでも何とか余裕を装おうとしたのか、口の端を懸命に引き上げてみせる。が、抑え切れない怒りで見事にぴくぴくと引き攣っているのを、本人以外はばっちり見ていた。

「ほ、ほーお！　時に正体さえも見抜くと聞くが、見鬼の目は真実らしいな！」

「これが商売道具ですから」

苦く笑う神奈だったが、視られた方は堪ったものではないだろう、とは思う。相手は自分の視界に入っただけなのに、問答無用で丸裸だ。正体の露見が命取りになる妖も少なくない。

「許しもなく、あなたを視てしまったことは謝ります。ごめんなさい」

湯呑をテーブルに置き、神奈は軽く頭を下げる。絢緒が牽制するが黙殺し、ややあって顔を上げると、そのまま首を傾けた。

「しかし、何でこんなことを？　鳩の方の様子からして、石を投げたのは故意のようですが、ボク達には心当たりがありません。八幡宮様に喧嘩を売った覚えも、恨みを買った覚えもない。狐の方に至っては、関係ないようにお見受けしますが」

神奈がちらりと一瞥すると、呆気に取られたままだった狐の方が、びくりと体を震わせた。同時に揺れるメタボ腹。やはり、どう見ても立派な中年の小さいおっさんだ。

「あの、じ、実は、お、おら」

「き、きっさまぁ……！　石一つで勘弁してやったが、よもや、白を切るつもりではあるまいな⁉」

「何のことですか？」

「素っ恍けおってぇ！」

怪訝な神奈の前で、ソファから少女がいきり立つ。怨嗟の眦をきりきりと吊り上げた様は、さながら般若だ。そんな少女と神奈の間で、小さなおっさんがオロオロと冷や汗を垂らしていた。潤んだ丸っこい目が、卓球のラリーよろしく、行ったり来たりしている。

突然、小さな拳が思い切りテーブルを叩いた。載っていた湯呑が大きく躍る。

「貴様達だろう⁉　わしがお仕えする誉田別尊様のすぐおそばで、火をつけたのは‼」

烈火の如く怒った鳩の方が啖呵を切った。

「はい？　火、ですか？」

思わぬ単語が飛び出して、神奈は面食らった。まさに、鳩が豆鉄砲を食ったよう、と例えられそうな顔だ。怪訝そうな反応が、更に火に油を注いだらしい。鳩の方の勢いは、削がれるどころか、天井を焦がさんばかりに燃え盛ってしまった。

「ああ、そうだ！　火元は多田八幡宮ではなかったが、何せこの時期、風に飛ばされた火の粉で、こちらにまで燃え移るのではないかと肝を冷やしたわ！　しかも、付け火は近くの学び舎からだと聞いた。幸いにして、殆どのお子達が帰った後で、遊んでいたお子達も大人によって無事だった。しかし、もしものことがあったら、貴様らは何とする⁉」

確か昼間、多田八幡宮に駐車した時、子供の喧騒(けんそう)が聞えた。車で向かう途中、幼稚園の園門が窓から見えた、と神奈は思い出す。

そう言えば、と絢緒が口を開いた。

「二週間ほど前に、多田八幡宮の近くにある幼稚園の近くで、放火があったとか。最近、不審火が多いと聞きますし、警察も毎日巡回しているようです」

要するに、多田八幡宮の御神使である鳩の方は、八幡宮は勿論、出火元近くの幼稚園も心配し、憤怒の体で犯人、つまり神奈達に、嫌がらせとして石を投げ込んだ、ということらしい。

初めて小坂威吹に会った後、公園のそばをパトカーが通りすぎたのを、神奈はふと思い出した。

「ちょっと待って下さい。放火をしたのはボク達だと？　その報復にこんな嫌がらせを？」

「社務所の絵姿が映る薄い板で、犯人は現場に戻る、と官吏が言っておったわ！」

「御神使って暇なんですか」

鼻息荒く断言する鳩の方に、神奈はじっとりした目を向けた。

テレビの刑事ドラマに影響されすぎだろう。

「ち、違いますぅ！　違うのですぅ！」

突然、両手を忙しなくバタつかせ、割って入ったのは小さいおっさん、もとい狐の方だ。

「おらがぁ！　おらが、い、いけなかったのですぅ！　境内で、み、見かけた強いお方に、声をかけ損ねたのが、い、いけなかったのですぅ！」

混乱極まったらしく、滂沱の涙と大洪水の鼻水が噴き出している。何とかこの場を収めたいと、鳩の方の山吹色の着物の裾を必死に掴んだ。が、勢いが良すぎたのか、小柄な少女の体がすとん、とソファに引き戻される。

途端、般若が悪鬼へと、見事なランクアップを遂げた。苛立ちも露わにした鳩の方の拳が、狐の方の頬にめり込む。重くて鈍い音がしたのは、きっと神奈の気のせいではない。

「ええい、この薄鈍狐が！　わしの邪魔ができぬよう、貴様のその口、引き裂いてくれようか⁉　大体さっきから暑っ苦しいわ！」

「う、うぇえ、痛いよぉ！　グーで殴らないでよぉ！　いっつもそうやってイジメるの、やめてってばぁああ！」

「はいはいはい！　イジメ、駄目絶対！　鳩の方はお口にチャック、両手は膝の上でお願いします。話が進みません」

幼稚園の先生よろしく両手を叩くと、神奈は親指と人差し指をくっ付け、唇の前で横に滑らせる。ぐぬぅ、と下唇を噛む鳩の方も、脱線しまくる現状が分かっているのだろう。

汁だらけの顔を何とかしろ、と狐の方は陣郎にティッシュの箱を押し付けられていた。

「も、申し遅れまして。視えていらっしゃると思いますが、お、おらは倉稲魂命（うかのみたまのみこと）様の神使です。多田八幡宮様の境内社、高草木稲荷におります」

「やあ、これはどうもご丁寧に。って、高草木稲荷？　縁切神社の？」

つられて頭を下げた神奈は、慌てて聞き返す。威吹が絵馬を掛けた縁切神社だ。右の親指に中指と薬指をくっつけた狐を形作ると、そうです、と頷く狐の方が、不器用に真似しながら、こくり、と頷く。

古くから日本には、山の神や田の神の信仰がある。春の到来と共に、山の神が山から里へ下り、田の神となって、稲の生育を守護する。そして、収穫が終わる秋に山へ帰って、山の神となるという。暖かくなって山から下りて来たネズミなどの害獣を食べてくれる狐と、田の神とする農耕信仰とが結び付き、稲荷神は狐と考えられるようになった。

ちなみに、同じ食物の神の繋がりで、稲荷神を御饌津神（みけつかみ）ということもある。狐をケツネと発音し、古語でケツが狐を意味することから、御饌津神は三狐神と記され、その祭神も御神使も、狐と混同されたらしい。

「実は……」

鼓膜が心配になるほど力一杯に鼻をかんだ後、狐の方はそう切り出した。濡れたつぶらな瞳は、今にも転がり落ちそうだ。

「この頃、おらのお仕えする倉稲魂命様が、臥（ふ）せることが多くなったのです。いかがされたのか、どこかお悪いのかと、いくらお伺いしても、苦しい苦しいとおっしゃるばかりで。おら達神使の声も届かぬご様子です。倉稲魂命様をお救いしたい、それには原因が分からないことには、どうにもなりませぬ。何か良い方法はないかと、神使揃って思案投首しておりましたらば、そこの」

ちらり、と上目遣いで見た先には、神奈の隣に立つ絢緒がいる。狐の方は、羨望混じりの嘆息を吐いた。

「そこの強いお方が、高草木稲荷へいらっしゃったのです。人の姿でしたが、気配で分かりました。聖域とはいえ、日は昇っていても、兇悍な気配がない訳ではありません。でも、そこのお方は微塵も動じていらっしゃらなかった。何とかお助け頂けないかと、おら達は声をかけることにしたのです。しかし、その、おらが鈍臭いせいで、呼び止められず……」

つまり、昨日の早朝、小坂威吹の件で、早速助手が高草木稲荷へ足を運んだところ、倉稲魂命の御神使達に見込まれた、ということらしい。

一方、褒め殺しにされた絢緒には照れも謙遜もなく、ただただ口元に薄い笑みを刷いて直立不動だ。

「絢緒」

「はい」

どういうことなの。

皆まで言わずに、神奈が事情説明を要求すれば、何とも素直なお返事である。

「高草木稲荷を訪れた際、終始何者かがこちらを窺っている気配には気付きましたが、それが御神使だとは思いませんでした。危害を加えるならともかく、見ているだけで無害でしたので、黙殺しました。何より、私には朝餉の支度の方が重要です。神奈が飢死してしまいます」

「そう簡単にくたばってたまるか。あのね」

「私の最優先事項は、神奈以外にありません」

言い募ろうとした神奈を、しれっと言い放った絢緒が、にこりと微笑んで封じる。呆れて睨み付けるも、無駄だった。

些細なことでも、報告、連絡、相談は、基本中の基本だろう。それに、飢死しそうだったのは陣郎だ。

「それで皆、途方に暮れていたところに、今度はそちらの助手殿がいらっしゃいました」

話を続ける狐の方が見つめたのは、もう一人の助手、神奈の番犬だ。

「先のお方に勝るとも劣らない強いお方。今度こそは、と思い、皆で機会を窺いつつ、声をかけようとしたのですが、柳屋さんもご一緒でしたし、逆に不審に思わせてしまったらしく……」

「あれか」

低く呟き、苦り切った顔で神奈は額を押さえた。

昼間、助手と高草木稲荷を訪れた時、確かに陣郎は不思議そうにしながらも、周りを警戒していた。引っかかってはいたのだが、自分の目には何も視えなかったし、露払い役の陣郎も言わなかったので、いつもの塵芥だと思っていた。まさか、御神使が見ていたとは思いもしなかった。

「陣郎。君、気付いていたよね？　いつものとは違うって、分かっていたよね？」

「あァ？　別に、お前に言うほどのことじゃねぇだろ」

神奈が咎めるように見やれば、陣郎は即答する。何を怒っているのかと、金の瞳を丸くしていた。

「何かいるのは気付いちゃいたが、こいつら、隠れてコソコソしていただけで、何もして来なかったし、そもそも悪意も邪心もねぇし。だから俺は無視して、でも万が一を考えて、早々に帰っただけだ。用件は済んでいたんだから、問題ねぇだろ？」

「いやまあ、結果はそうだけどね」

「今思えば、見えたのってこいつの丸いケツだけだったぞ。頭隠して尻隠さず、ってヤツだな！」

「お、お尻がおっきくて、申し訳ございませぇん！」

指差された狐の方が首まで赤くして、ペコペコと頭を下げている。

違う、狐の方。そこは謝るところじゃない。

神奈は項垂れ、太い溜息を吐き出した。何故自分の助手達は揃いも揃って、聞かなければ答えない上、自己判断上等で我が道を行くのか。

ますます項垂れていると、大丈夫ですか、と、溜息の原因の残り半分が、心配そうな声をかけて来る。気遣いは有り難いが、君が言うな、と心中で毒を吐く神奈は悪くない。

それで、と狐の方はおずおずと続けた。

「あの、何とかお話だけでも聞いて頂けないかと、どうにか気配を辿っておりましたら、お二方とも、ひとところにいらっしゃるのが分かりまして。しかし、この後どうしたものかと、困っていたら……」

「鳩の方が登場されたのですね」

「待て、狐の！　貴様、何を言っている⁉　柳屋、ちゃっく、とやらは解禁だ！」

ちらりと同行者を見たのに気付き、代わって神奈が明言した。焦りの声を上げたのは、鳩の方だ。動揺のせいか、やや蒼褪めている。

「貴様がお仕えする倉稲魂命(うかのみたまのみこと)様が寝付いていらっしゃるのは、こやつらが原因ではなかったのか⁉　てっきり、あの付け火のせいだと、わしは思って……！」

「付け火？　放火の被害に遭いそうだったのは、多田八幡宮だけではなく、高草木稲荷もなんですか？」

高草木稲荷にも火事の危機があったのか。神奈がそう問えば、鳩の方は切り揃えた前髪を揺らして首を縦に振る。

「そうだ。高草木稲荷の裏手に、人の子達の遊び場があって、その近くに植えられている街路樹に火をつけられたのだ。すっかり日も沈み、人の子が怪我をすることはなかったが、若いあの木は泣いておったぞ」

「成程。高草木稲荷が多田八幡宮と同じ被害に遭ったと、鳩の方は思われたんですね。それで、うちの助手達に声をかけようと挙動不審になっている狐の方を見て、彼らが放火の犯人だと思った」

「ち、ちが、違うんだよぅ！」

鳩の方に取り縋り、狐の方は捻じ切れそうな勢いで、首を横に振る。

「確かに付け火はあったけど、距離もあったし、早くに火は消されて、うちには全然被害はなかったんだ！　こちらの助手殿は関係ないんだよぅ！　全部きみの勘違いで、おらはそれを言おうと、痛い痛い痛い痛いよぉおおお！」

「わしのせいか⁉　わしが悪いと言いたいのか⁉　ああん⁉　貴様が！　はっきり！　せぬから！　だろうがぁああ！」

泣き叫ぶ狐のほっぺたを、鳩の方が台詞に合わせて捻ったり引っ張ったりと、弄くり回す。丸々とした両頬が、今にも引き千切られそうだ。

「おい、ちびっこ。勘違いで硝子を割ったのは、済んだことだけどよ、謝るタイミングを逃すんじゃねぇぞ」

　陣郎が金の瞳で見やり、顎をしゃくって促す。睨んでいるようにしか見えないが、意地っ張りで勝気な御神使への、彼なりの配慮だ。その声色は優しかった。

「その、あの、なんだ……も、申し訳なかった」

「……おらも、ごめんなさい」

　ぽつり、と鳩の方が弱々しく零す。

　大人びた言動ではあるものの、見た目だけは十歳の少女の体がますます小さく見える。その隣で、体を縮こまらせた狐の方も、見るからにしょんぼりとしている。神奈は苦笑を浮かべた。これで手打ちだ。

「誤解が解けて何よりです、お二方。物理的な祟りだけで済みましたし」

「あ、あの！　そちらの助手殿は……！」

　顔を上げた狐の方は、思い切った様子で絢緒に声をかけた。膝の上で揃えられた手が、力一杯に十字絣を握り締めている。

「そちらの助手殿は、何かご存じありませんか！　おらは神使として、倉稲魂命（うかのみたまのみこと）様が心配なんです！　でも、おらは馬鹿だし、う、薄鈍（うすのろ）だし、もう分からないことばっかりなんです！　何か良い手立てを、ご存じではありませんか⁉　も、もしそうなら、教えて頂きたいのです！　お願いします……！」

「申し訳ありません」

縋り付くつぶらな瞳を、絢緒は真摯に受け止めた。

「心中お察し申し上げますが、私では分かりかねます。長く生きてはいるものの、病み付いた御祭神への対応となると、全くの門外漢です」

「そ、そうですか……。あの、そちらの助手殿は……？」

「悪ぃが、俺も何も知らねぇよ」

同じく長寿の妖の陣郎がすまなそうに首を振る。見るからに肩を落とす狐の方に、鳩の方が気遣う視線を送っていた。同じ御神使として、その胸中は痛いほどに理解できるのだろう。少し考え、神奈は尋ねた。

「倉稲魂命様は、いつからご病気に？」

「えっと確か、冬至の頃……？」

狐の方は首を傾げつつ、記憶を辿っている。去年の冬至は、確か十二月二十一日だ。

「うーん、もう少し前でしょうか。その前に斎行（さいこう）された月次祭（つきなみのまつり）の頃から、だったような。それから段々と、元気がなくなって、今ではお話をされることも、難しくなってしまったのです」

月次祭とは、国の平和と氏子や崇敬者の安泰を祈る毎月の祭りだ。それぞれの神社によるものの、毎月一日や十五日に執り行うところが多い。

年明け前からの不調ならば、大分経っていることになる。狐の方の話からすると、御祭神の具合は、悪化はしても好転はしていないのだろう。

「日が昇ってからになりますが、再び高草木稲荷へ伺っても構いませんか？」

「お力を貸して頂けるのですか⁉」

御神使の二人が、同時に顔を上げた。期待に満ち満ちた目が心苦しい。

神奈の視界の端で、陣郎が小さく嘆息するのが見えた。

「でも、期待はしないで下さい。何も力になれない可能性の方が高いです。その時は、そうだな、昔馴染みに、人も妖も看られる、ピカイチの腕を持つ医師がいますから、もしかしたら、神様も診察できるかも知れません。助手達に限らず、長寿で知識も経験も豊富な妖も知り合いにいますし、取り敢えず、何か方法を探してみましょう」

「は、はい！　有り難うございます！　有り難うございますぅ‼」

「良かったな、狐の！」

「うん！　うん‼」

再び目と鼻から水分を垂らしながら、盛んに頷く狐の方。その背中を鳩の方が遠慮なく叩いていた。先刻の拳の威力を考えれば、十字絣の下の有様が心配だ。

SKYHIGH文庫
ニートとヤンキーと幽霊が
〝死にたがり〟を救う!?
『死にたがりと美しき世界』著：阿賀直己　イラスト：はくり

死にたがりと美しき世界

著：阿賀直己 / イラスト：はくり

生きることは気付くことだと、知るための物語。

バイトの面接に向かう途中、電車で痴漢扱いされたニートの源一郎。もう死にたいと願ったとき、「死んだら殺すぞ」と脅しつつ罪を晴らしてくれたのは、高圧的な美青年・瀬名だった。苦手とする人種の登場で、礼も言えずに源一郎は逃げ出すが、突然不思議な声を聞く。驚いて階段から落ちた源一郎を救ったのは、瀬名の兄・海里だった。だが海里はふたり以外には見えない存在で!?

柳屋怪事帖
迷える魂、成仏させます

著：光村佳宵 / イラスト：toi8

死者の未練を晴らす、成仏屋参上!

柳月神奈は、早逝した父から死者の未練を解消する成仏屋を引き継いだ15歳。『柳屋』と名乗って妖の助手二人と共に仕事をしている。今回は殺害された高校生・小坂の成仏の手伝いだが、本人にはその時の記憶がなく、犯人もまだ捕まっていない。おまけに小坂は頑なに未練を教えず——。SKYHIGH文庫賞受賞作、書籍化第三弾!

7月の新刊

2018年7月10日頃発売
※タイトル・ラインナップは変更になる場合があります。

羽根のない天使、こぼれ落ちた宝石

著：滝沢美空 / イラスト：中村至宏

島に住む高校生の陽咲と駆は、幼なじみのほたるの自殺未遂で心を閉ざしていた。ある日、島に一人の青年がやってきて——。SKYHIGH文庫賞受賞作、書籍化第四弾!

SKYHIGH文庫　電子書籍配信中!

順次配信予定。詳しくは公式サイト等をご覧ください。

「よろしいのですか？」

　確かめる絢緒の声に、安請け合いへの非難の色はない。普段通りの微笑みを浮かべつつも、赤味がかった光彩には憂慮（ゆうりょ）の陰が差している。

「相手が神では、下手な対応をすると神奈が危険に晒されます」

「そう心配するなって。病魔か穢れか、もしかしたら、祟り神になる切羽詰まった状況かも知れない。人の立場でできることなら、協力は惜しまないよ。君も陣郎もいるんだから、何とかなるさ」

　それに、と神奈は顎に手を当てる。

「どうも引っかかる。小坂威吹君の殺された日が、十二月十四日だ」

陸(ろく)

翌日、駅のロータリー近くに並ぶ建物のうち、一番背の高いビルの前に、神奈はいた。喫茶店とインド料理屋が一階の隣同士、三階と四階に入居しているのは、資格取得のための講座、英会話やバレエなどのカルチャースクール。最上階のまるまるワンフロアは、ピアノ教室が借りている。

事前に見た教室のホームページには、プロフィールの他、胸から上の写真を載せた妙齢の女性の写真が貼られていた。海外留学も経験し、全国で多数の公演もこなす著名なピアノ講師だとか。

「あの、あなたが小坂くんの、いとこさん？」

不意に声をかけられた神奈は、寝不足と馴染みの浅い自称に反応が遅れた。寄りかかっていたガードレールから慌てて離れてから、はたと気付いた。目の前に立っていたのは、スクールバッグをダッフルコートの肩にかけた女子高生、それも、はっとするような美人だ。

　神奈には羨ましい限りの長い手足とすらりとした長身。染めていない髪は艶々と輝き、天使の輪ができている。アーモンド型の目を縁取る睫毛は、瞬きするたびに小さい風が起きそうだ。鼻筋の通った顔立ちの中、林檎のように瑞々しく薄い唇が目を引く。咲いたばかりの花のような香りが漂っているような気さえして来る。

　サッカー部の佐野川が、あれだけ騒いでいたのも頷ける。天女も斯くやあらん、という輝くばかりに美しい少女だった。

　白磁の頬を寒さで桃色に染めながら、彼女はスカートの前で手をきちんと揃えると、神奈に向かって頭を下げる。綺麗に切り揃えられた指先の爪には、薄い桜色が載っていた。

「寒い中を呼びつけてしまって、ごめんなさい。宮路先輩にお願いして、連絡してもらった周東末散です」

「え、あ、はい、どうも初めまして」

　美少女の雰囲気に珍しくも気後れしつつ、神奈も頭を下げ返す。

　宮路から連絡があったのは昨日の遅く、それも周東の方が威吹の従兄妹に会いたがっているという旨だった。サッカー部以外の威吹の人間関係を知りたい神奈としては、渡りに船。こちらから伺うと伝えたところ、彼女は習い事で午前中の早い時間にしか会えない、とのことだった。神奈の睡眠時間は削られる一方だ。

「休みだっていうのに、早い時間からピアノの練習なんて、大変ですね」

曜日関係なく、朝は生きた屍と化す神奈は、そう労わずにはいられない。参考にしようにも、まず布団から出られない。そもそも、瞼を開けられる気がしない。

そう話せば、周東は小作りな顔をくしゃりとさせて笑った。少し浮世離れした彼女の雰囲気が崩れ、年相応の女の子に見えた。

「いつもなら、そこまでしないの。でも、来月は卒業式の伴奏、その後にはコンクールが控えているから。伴奏は最初、コンクールを理由に断ったんだけど、押し切られちゃって」

気を許したのか、砕けた言葉遣いになった彼女は、先刻までの困った顔を一変させ、魅力的な目を更に力強く輝かせる。

「やるからには全力でやる。コンクールだって、優勝したいし」

「初対面ですが、周東さんならできる気がします。応援していますよ」

神奈の声援に、有り難う、と存外、負けん気が強いらしい周東が微笑む。しかし、それも束の間、突然、翠眉を曇らせてしまった。

「……あの、……あなた、大丈夫……？」

「え？」

何のことか分からず、神奈が疑問の一音を返すと、周東が心配そうに尋ねた。気遣うような視線が、酷く優しい。

「わたし、お線香をあげさせてもらいに、小坂くんの家に行ったことがあるの。その時のお母様の憔悴(しょうすい)した様子が凄くて……。あんな風に息子さんを亡くされたんだから当然だけど、いとこさんは大丈夫？　小坂くんとは親しかったの？」

「同性ではなかったこともあって、最近はあまり……。小さい頃は、近所で虫取りしたり、ボールを追い駆けたり、歳が近いから良く遊びましたよ。昔からサッカーが好きでした」

それらしい話をしつつ、神奈は曖昧に笑って誤魔化した。多少心苦しいが、仕事なのだから仕方ない。

「ところで、周東さん。ノートを貸すくらいですから、威吹君と親しかったんですよね？クラスでの威吹君って、どうでした？」

「親しいって言うほどじゃ……。クラスメイトだし、席も近かったから、小坂くんには時々ノートを貸していただけなのよ。本当に困っていたみたいだったから」

そう言えば、と周東は思い付いたように眉を上げた。ころころと変わる表情に、目が離せない。

「あの頃の小坂くん、良く考え事していたみたい。小テストがあるのに、ぼんやりして授業を聞いていなかったって、言っていたわ。……あの、実はそれで、お願いが……」

聞けば、神奈に会いたがった理由も、そのお願いが理由なのだと言う。翠眉をハの字にして、周東は非常に申し訳なさそうに切り出した。

「貸していたノート、数学Aと古典、それに公民なんだけど、返して欲しくて……。辛い思いをしている小坂くんのご家族に、こんなことをお願いするのは、大変申し訳ないんだけど……」

「……あー、すいません。本当にごめんなさい。大至急探してお返しします」

心中で威吹に悪態を吐きながら、項垂れるように頭を下げた神奈は謝罪を繰り返した。

それしかできない。

ノートを借りたままの威吹が死んでから、かなりの時間が経つ。その間の彼女の複雑な心境と勉強の手間は如何許(いかばか)りか。殺された威吹もそれどころではなかったし、忘れている可能性も高い。

周東は責めるどころか、大変なのに有り難う、と労ってくれた。

「ちょっとあんた！　未散に何の用!?」

そこに割って入った、というより飛び込んで来たのは、突き抜けたソプラノだ。

左右の耳の後ろで、それぞれ結んだ髪を靡かせて登場した彼女は、周東を背中に庇い、目を吊り上げては神奈に詰め寄る。モデルのような周東とはまた違った、小柄で可愛らしい顔立ちの少女だ。

「な、凪沙(なぎさ)ちゃん！　あの、この人は……！」

「あんた、誰よ⁉　未散に何の用って、聞いているの！」

「人に尋ねる前に、自分から名乗ったらいかがですか」

やれやれ、と神奈は嘆息する。一理あると理性は思ったのか、彼女は歯を食いしばって押し黙った。まるで有名人とその取り巻きのようだ。本人そっち退けで食ってかかる様は、見境なく吠える小型犬を思わせる。

「あたしは瀬川凪沙！　未散の親友よ！　それであんたは誰⁉　何なの⁉」

少女、瀬川は喧嘩腰でそう名乗った。後ろの親友がとても申し訳なさそうにしていることに、早く気付いてあげて欲しいところだ。

「周東さんの親友なら、彼女から聞いていませんか。小坂威吹君の従兄妹です。生前の威吹君について、話を聞いていたんですよ」

「落ち着いて、凪沙ちゃん！　宮路先輩から連絡があった、って昨日言ったでしょう？　ほら！　生徒会で！　サッカー部のマネさんでもあった、あの先輩！」

周東が身振り手振りで説明し、必死に宥めている。確かに瀬川の態度は、気分の良いものではない。

「小坂のいとこ？　あんた、本当にそうなんでしょうね⁉　証明できる？　実は嘘を吐いて、未散に近付いたなんて言ったら、絶対に許さないわよ！」

大きな目をきりきりと吊り上げた瀬川が、腰に手を当て、人差し指を突き付けた。押され気味の神奈の口からは、はあ、と気の抜けた声しか出ない。ついでに、突き出された瀬川の人差し指は、ちょい、と向きを変えておく。

高い声で噛み付く瀬川の剣幕には、鬼気迫るものを感じる。神奈が理由を尋ねる前に、明らかにしたのは彼女本人だった。

「あんたまさか、未散のストーカーじゃないわよね？」

「は？」

飛び出した物騒な単語で、神奈の眉間に思い切り皺が寄った。顔を顰めた、と言っても良い。

「周東さんがストーカーに狙われている、ということですか？」

納得できない話ではなかった。周東は、十人に聞けば十人とも肯定する美人だ。街で見かけて気に入ったというだけで、凶行に及ぶ物騒な昨今。どこでどんなことが切っ掛けになるか、見当もつかない。

「嫌がらせとか、そういうのはないんだけど、時々、後をつけられているような気がして……」

スクールバッグを胸に抱き、周東は思い詰めた顔だ。

「最初は気のせいだと思ったのよ。何か物がなくなったとか、隠し撮り写真とか、脅迫のような手紙が来るとか、そういうのもないし。だけど、しょっちゅう視線を感じるの」

「念の為、あたしが一緒に帰った時も、確かに、誰かが後ろからついて来ていたわ。何も仕掛けて来ないのに、未散の後をずっとついて来る。だから、あたしが護衛しているのよ。最近は護身術も習い始めたし、女だからって負けない！　未散はあたしが守る！」

「危ないよ、凪沙ちゃん！　逆に、怪我させられちゃうから！」

　ぐっ、と決意の拳を固める瀬川に、やめて欲しい、と周東が首を振って縋り付いた。

　当然だろう、と神奈は思う。

　瀬川の拳は、どう見ても振るい慣れたそれではない。握った拳の下にある手首もか細い。いとも容易（たやす）く掴まれて、ぽっきりと折られてしまいそうだ。

「従兄妹の威吹君は、男で、体力もある方でしたが、刺されました」

　神奈は静かな声音で言った。案の定、周東と瀬川の顔から一瞬にして顔色が消える。周東に至っては、スクールバッグを握り締めていた。

　卑怯な言い方で申し訳ないが、ここはぶっすりと、釘を刺させてもらう。それに、生兵法は大怪我の基、だ。ストーカーに狙われている周東は勿論心配だが、突っ走った瀬川が死ぬようなことになったらやり切れない。獄卒からの依頼で顔を合わせてしまった時、神奈はきっと後悔するだろう。

「女性は特に、反撃するより逃げた方が良いですよ。そんな事態になる前に、自衛しておくのに越したことはありませんが」

「……ご、ごめんなさい。あんたの前で考えなしだったわ」

効果覿面すぎたか、沈痛な面持ちになった瀬川に、先程までの勢いはなかった。

「さっき、あんたを疑ったのも謝る。男は当然警戒しているけど、勝手な嫉妬や逆恨みで、ストーカーする女もいるって聞いたから、先走っちゃって……」

「気にしていませんし、分かってもらえれば良いんです」

神奈は肩を軽く竦め、わざと明るい声をかける。瀬川の突っ掛かる態度は、親友を守るための、精一杯の威嚇と虚勢なのだ。

「しかし、女の子だけで行動するなんて危険すぎます。直接被害がないから、警察は難しいかも知れませんが、他に男手はないんですか?」

険しい顔をすると、周東は言い難そうに唇を震わせた。

「協力してくれていたの。……小坂くんが」

「え」

神奈は一音だけ漏らした切り、目を見張ったまま口を閉ざす。その場の空気に耐えられなくなったのか、周東は両手で青くなった顔を覆ってしまった。震える彼女の肩を瀬川が支え、周東に代わって続けた。

「あたしも委員会とか習い事とかあるし、いつも未散と一緒にいられる訳じゃない。小坂は、未散の様子がおかしいのに気付いて、護衛をしてくれていたの。サッカー部の練習開始前に、未散をピアノ教室まで送って学校に戻る。部活が終わったら未散を迎えに行って、今度は自宅まで送る。そうやって、小坂は未散を守ってくれていたわ」

「小坂くんは言わなかったけど、そのせいで、レギュラーから外されたらしいの。顔を出し難いからって部を欠席するようになっても、護衛を続けてくれて、ほ、ほんとうに、もうし、わけ、なくて……！」

湿った周東の声は打ち震えていて、今にも泣き出しそうだった。必死に背中をさすっている瀬川も、目元を赤くして泣くのを堪えている。

二人の話からすると、新田が駅近くで会った威吹は、周東を自宅に送った帰りだろう。もしかして、と切り出した神奈は、自分の声が強張ったのが分かった。

今いるピアノ教室と威吹がいた公園は、そう遠くない。

「周東さんのレッスン中、威吹君が待っていたのは……、公園ですか」

「公園……？」と異口同音に繰り返す二人。

怪訝そうな瀬川の隣で、顔を上げた周東が長い睫毛を瞬かせている。

「確かに、コンビニや公園で時間を潰してるとは、言っていたけど……」

聞けば、ここから周東の自宅は、自転車で通える距離らしい。

死んだ威吹が公園にいる理由は分かった。だが、神奈はどうも腑に落ちない。

元サッカー部部長の中峪が言うには、レギュラーを外される前から不調だったらしい。

それが周東の警護による練習不足だとして、思い詰めて不安定になるほどの原因だろうか。ストーカー被害に遭っていたのが威吹なら、まだ分かる。しかし、被害を受けていたのは周東だ。

「周東さん、ストーカーのことは、警察には言いました？　もしかしたら威吹君を刺したのは、そいつかも知れません」

「わたしもそう思って、警察に行ったの」

頷く周東は、先程より力を取り戻した声で断言した。

「高校生二人じゃ信用されないと思って、わたしのお母さんと一緒に。一応記録には残してもらったけど、芸能人でもないし、見られている気がするってだけじゃ駄目で……」

「見回りはする、って言ってくれたけど、それだけよ！」

その時の怒りを思い出してか、再び目を吊り上げる瀬川に、そうですか、と神奈は声を落とすしかない。ストーカーの存在が有耶無耶(うやむや)では、警察も動けないらしい。

「いとこさん、ごめんなさい」

ぽつりと零した周東は、大きな目を赤くして、ポロポロと雫(しずく)を落とした。

「小坂くんが、し、死んじゃったの、やっぱりわたしのせいよ。だってあの日、わたしを送った帰りに、刺されたんだもの……！」

「未散！」

瀬川が悲痛な声で叫ぶ。しかし、周東の懺悔は止まらない。

「だって、そうじゃない！　そもそもわたしが、小坂くんに、頼ったから……！」

「違う！　違う！　未散のせいじゃない！」

周東の罪悪感を打ち消そうと、瀬川が親友の腕を揺さぶりながら、否定と正論を叫んだ。

親友の涙が感染ったのか、声が湿っぽい。

「警察だって言っていたでしょ⁉　あの日、小坂が通り魔に遭った時間は、未散を送り届けた、ずっと後だった！　未散は悪くない！　悪いのは犯人なの！」

確かに、と神奈は獄卒の封書を思い出す。威吹が死んだのは、日付も変わろうとする時刻だ。部活帰りに会った新田の台詞を参考にすると、随分間が空く。

とうとうしゃくり上げ始めてしまった周東。その背中を、瀬川が必死にさすっては慰めている。

「周東さん」

神奈が呼びかけると、二対の目がこちらを向いた。二人共、目と鼻が真っ赤だ。

「威吹君の従兄妹であるわたしの登場で、刺激してしまったことは謝ります。だけど、あなたは謝らないで下さい。威吹君の死が、あなたの送迎のせいではない以上、あなたの謝罪は、罪悪感から逃げたいだけ、あなたのせいではないと言って欲しいだけに、聞こえてしまいます」

「あんたね……！」

途端、ぎっ、と瀬川がこちらを睨み付けた。言いすぎたか、と神奈はちらりと思ったが、撤回はしない。

「少しでも申し訳なく思っていると言うなら、彼を忘れないで下さい。謝る代わりに、威吹君について沢山誰かと話して下さい。それが、何よりの供養になりますから」

威吹の身内を名乗ったからには、最後までその振りを通す。ゆえに、身内の心境ということで勘弁願おう。

文句を言おうとして出鼻を挫かれた瀬川が、口をぱくぱくさせている。何とか涙を堪えた周東は、ごめんなさい、と今度は頭を下げた。鼻の頭を赤くしていても、美少女は美少女だ。

「あの、小坂くんのいとこなら、警察から何か聞いていない？　犯人は捕まりそう、とか」

息が整った頃、彼女はおずおずと尋ねた。つい最近同じことを聞かれたな、と思いながら、神奈は首を振る。

「いえ、警察は捜査中だと言っていました。その様子だと、そちらもストーカーについて、警察からの連絡はないんですね」

こくり、と周東が頷いた。隣で瀬川が盛大な溜息を吐く。

「もっとこう、しっかりした法律ができれば良いのよ。ストーカーの心理なんて、ささくれほども理解できないけど、未散は魅力的だから、こういう時困るし、心配だわ」

「ええ、全くですね」

「そうでしょう！　そうでしょう‼　あんたもそう思うでしょう⁉」

神奈の台詞に、色めき立った瀬川が鼻息も荒く、食い付いて来た。神奈としては、法律と心理云々に頷いたのだが、彼女は違うところに同意を得たと思ったらしい。親友の勘違いに気付いた周東が、必死に止めようとしている。

「未散は美人で頭も良くて、優しいの！　未散はね、前に一緒にモールに行った時、泣いている迷子をサービスカウンターに送り届けただけじゃなく、親が迎えに来るまで、ずっと宥めていたくらい優しいのよ！　その時の父親が気色悪いくらいデレデレで、顔面に唐辛子スプレーをぶっかけてやりたかったわ」

「な、凪沙ちゃん！　そんなこと、考えていたの⁉」

「あ、勿論、正義感も強いんだから！　この前だって、すぐそこのドラッグストアで、万引きの冤罪にあった人を助けたし！」

「何でそんなことまで知っているの⁉」

「へぇ、勇気があるんですね」

怒涛の親友自慢に圧倒されつつ、神奈はそう感想を漏らす。まるで我がことのように胸を反らしているのは瀬川だ。首まで真っ赤になった周東は、恥ずかしそうに俯いてしまう。

「そんなことは……！　偶々、見ていただけで……」

「知っている人だったんですか？」

ううん、と彼女は首を横に振り、思い出すように首を傾げた。綺麗な髪が、さらりと流れる。

「怖そうな黒い服を着て、元気のない感じの人だなって、何となく見てただけよ。レジもわたしの前に並んでいたし。今思えば、防犯カメラがあるんだから、わたしが名乗り出なくても良かったような」

「そんなこと、絶対ないわ！　未散の観察力が、そいつを冤罪から救ったのよ！」

憧れの眼差しで、瀬川が力強く頷いてみせた。

その後も彼女は、自分の親友はいかに素晴らしいか、可愛いかを、相槌を打つ暇を与えないマシンガントークで披露した。制止は無駄だと早くに悟って、神奈は終始無言に徹する。

初めは止めようとしていた周東だが、途中で諦めたらしい。小声で神奈に謝罪して来た。その方が、労力は少なくて済みそうではある。

結局、神奈が解放されたのは、凡そ三十分後。周東がレッスンの時間になっても現れず、心配したピアノ講師がビルの外まで探しに来たからだった。

「ああ、そうだ。お聞きしたいことがあったんです」

神奈はビルの階段を上る周東を見上げた。親友の後ろを歩いていた瀬川も、同じくこちらを振り返る。

「縁切神社、って知っています？」

「縁切？　凄い名前ね」

「あんた、何でそんなことを聞くの？」

周東は驚き、瀬川は小鳥のように首を傾げている。知らないなら良いんです、と神奈は素知らぬ顔で手を振り、二人を見送った。

※

二人と別れた神奈は、駅のコインパーキングに駐車していた助手達と合流した。その後、絢緒の運転で高草木稲荷に到着したのは、そろそろ十一時になる頃だ。

「漸くお出ましか」

三人が階段を上り、多田八幡宮を前に、二礼二拍手一礼の挨拶をした時だった。生意気そうな声を聞き、神奈は振り返る。山吹色の柄小紋の鳩の御神使が、近くの石燈籠に背中を預けている。遅刻を責めるような口調だが、こちらに時間の指定をした覚えはない。

「てっきり来ぬものと思っておったわ」

「仮にも神様の御神使に、嘘は言いませんよ」

「仮にも、とは失礼な！　まあ良い。あれが待っておる」

神奈の台詞にいささかむっとしつつも、ついて来い、と鳩の方は山吹色の袖を翻す。あれ、とは狐の方のことだろう。

「神奈、高草木稲荷へは陣郎と行って下さい」

二の鳥居を潜ったところで、絢緒が腕時計を確かめた。

「氏子総代にお話を伺えるよう、連絡を取り付けておきました。そろそろ社務所にいらっしゃる時間ですので、私はそちらに向かいます」

分かった、と神奈は了承する。抜かりのないことだ。人当たりの良い彼なら、話を聞き出すのも卒なくこなせるだろう。

「頼んだよ、絢緒」

「承知しました。陣郎、神奈を頼みます」

「ああ」

陣郎が軽く手を上げて応えた。神奈達は、さっさと先行く山吹色の背中を追う。

鎮守の杜を抜けると、視界を朱が埋める。赤い鳥居が並び立っているのには、分かっていても、やはり圧倒される。

神奈が朱のトンネルを覗くと、鳥居の向こうに昨夜見た十字絣が見えた。思い詰めた顔の狐の御神使がうろうろしている。

「おい、狐の！」

「ひゃあ！　あ、ああ、きみ！　やな、柳屋さんも！」

鳩の方に不意を衝かれて、狐の方が文字通り飛び上がった。朱の鳥居の列を潜る神奈達に気付くと、小走りで駆け寄って来る。蓬色の十字絣が足に絡まって、今にも転びそうだ。緊張もあるのか、真ん丸の頬を赤らめている。

「柳屋達を見かけたから、連れて来てやったぞ」

「あああ、有り難う！　い、いつも面倒をかけてごめんねぇ！」

胸を反らす鳩の方に対して、礼と謝罪をするのも忘れない。それから狐の方は、神奈と陣郎に向き直って深々と頭を下げた。頭を地面に叩き付ける勢いで、見ていた神奈の方がひやりとしたくらいだ。

「お、お待ち、しておりました！　来て下さって、あぁ、有り難うございます！　昨夜のこと、お、おらが原因だったから、来て、下さらない、かもって……！」

「気にしないで下さい。それに、こっちが言い出したことですから」

「そもそも、石を投げ込んだのはお前じゃなくて、こいつだろ」

宥める神奈の隣で、呆れ顔の陣郎が顎をしゃくり、鳩の方を示した。指された当の本人はツンっとそっぽを向いて、不貞腐れた顔だ。

「それに、祭神を心配するお前の気持ちは分かるが、もうちょい落ち着け。神使がそんなんじゃ、祭神も養生できねぇだろうが」

「助手殿……！」

陣郎なりの慰めを受けて、狐の方は丸っこい目を潤ませた。赤くなり始めた団子っ鼻の先に、ほい、と神奈が紫の風呂敷包みを掲げる。

「うちのもう一人の助手から差し入れです」

不意を突かれて吃驚眼の狐の方が、遠慮がちに肉付きの良い両手を差し出した。神奈が掌に載せてやると、鳩の方が横から顔を覗かせる。

「柳屋、これは何だ？　良い匂いがするな」

「初午の日ではありませんが、稲荷寿司ですよ」

「な、何と！」

神奈が右手で狐の形を作って答えると、二人はまん丸に目を見開き、キラキラと効果音が聞こえそうなほど輝かせた。

「米酢に白胡麻を混ぜただけのものや、鮭にしらす、卵、それから刻んだ野沢菜をそれぞれ加えたもの。ボクの一押しは柚子酢だけの絢緒オリジナルです。柚子の香りは美味しいんだって、これで知りました」

「やめろ。俺まで腹が減る」

「君、今朝、しこたま食べて、絢緒にシバかれただろう」

神奈は、腹をさする陣郎を呆れた目で見やった。それから、羨ましそうに風呂敷を見つめる鳩の方に苦笑する。

「よろしければ、多田八幡宮の方々も召し上がって下さい、とも言っていましたよ」

「良いのか⁉　皆、きっと喜ぶ！　本人にも伝えようと思うが、よくよく礼を伝えておいてくれ！」

「でも、どうしてでしょう？　だって、あの助手殿は……」

飛び上がって喜ぶ鳩の方に対して、狐の方は戸惑った表情だった。彼が言いかけたのは、昨夜の襲撃の誤解が解けた後のことだ。

神奈が来客だと判じた以上、絢緒の接客に不備不当、手抜かりなく、丁寧なもてなしではあった。しかし、気付くものは気付くだろう。にっこりと笑った目の奥の奥で、相手の一挙手一投足を、じっと哨戒していることに。

あの助手は過保護でして、と神奈は困ったように首の後ろを掻いた。

「その稲荷寿司は、絢緒の心境と創作意欲の結果です。勿論、毒なんて入っていませんよ。

召し上がって下さると、ボクも嬉しいんですが」

あの助手もなかなか曲者で、素直にそう口にした訳ではないが、彼なりの慰めと励ましなのだろう。短くも濃い付き合いの神奈は、そう解釈している。

では、有り難く、と二人の御神使が揃って頭を下げた途端、どの具が好きか、一番はどれだ、と大騒ぎだ。風呂敷も解かない内に、賑やかなことだ。

同じ境内で、本社とは別に祀られる境内社という関係から、彼らなりの上下関係があるのかと、神奈は思っていたが、御神使二人が癖のある性格というだけで、仲は良いらしい。

「神奈、俺はお前に謝らなきゃいけねぇと思う」

微笑ましい御神使達を横目に、拝殿前で参拝した後、隣に並んだ陣郎が出し抜けに言った。わざわざこちらに体の向きを変え、悪かった、と生真面目にも腰を折って頭を下げる。

「何のことかな」

「恍けるな。あいつらのことだ」

体を起こした陣郎は、金の瞳で御神使二人を示した。

「柳屋に近付く外敵を警戒し、時には排除する。それが俺の役目だ。だが今回の件、石が投げ込まれたのに、あいつらを追い返さなかった。それどころか、仕事でもねぇのに、お前に首を突っ込ませた」

陣郎の体からは、自責と反省の色が滲み出ていた。

今回の件とは、倉稲魂命(うかのみたまのみこと)様の不調のことだ。絢緒も心配していたが、神様相手では事がどう転ぶか分からないだけに、危険性も高い。それなのに、自分のせいで引き受けさせた、と渋い顔は主張しているのだ。

「協力すると言ったのはボクだし、陣郎が謝ることじゃないさ」

君は真面目だなぁ、と軽く笑った後、神奈は肩を竦めてみせた。

「大体、仕事以外の厄介事を持ち込まれるなんて、それこそ今更だ」

人間社会に溶け込んでいる妖には、それゆえに、大なり小なり周りと軋轢(あつれき)が生じたり、揉め事を抱えたりと、人間臭くもストレスに晒される。柳の成仏屋は、その相談や協力をすることもしばしばある。何より、死者の成仏依頼を寄越す獄卒が、妖と広く深く関わりがあることを理由に、本業以外の七面倒臭い案件を押し付けて来るのだ。

「それに君、ボクが断ったら、個人的に関わるつもりだっただろう」

「……」

神奈が疑問符を付けずに問えば、案の定、陣郎は押し黙った。無言は肯定だ。

現在、柳の番犬を務める彼だが、その正体は黒い獅子。神奈の元に来る前は、御神使達と同じような役目を負っていた。彼らの心境や行動は、陣郎にすれば、嫌というほど身に覚えがあるのだ。加えて、彼の性格上、頼られれば無碍(むげ)にすることはできない。事実、昨夜の必死な御神使達の後ろで、何か言おうと、頻(しき)りに口を開け閉めしていたのを、神奈は見ている。

「ああ、君を責めているんじゃないよ。むしろ、あの二人を前に何も思わない君だったら、どこか悪いのかと心配するさ」

それでも陣郎は何か言いたそうに、じっと見下ろして来る。神奈は一つ嘆息し、彼の広い背中に、掌を思い切り叩き付けた。微塵もぶれない鋼の体幹が、憎らしくも頼もしい。

「君は君の思った通りにすれば良い。肉体労働、よろしく」

「ああ、分かった」

それなら任せろ、と頷く陣郎に、神奈は満足そうに口の端を上げた。

稲荷寿司の取り分は決着したらしい。大事そうに風呂敷を抱えて、狐の方が拝殿の低い階段を上った。

「し、失礼致します、倉稲魂命（うかのみたまのみこと）様。お目覚めでいらっしゃいますか……？」

今日は祭礼や行事がないため、御扉（みとびら）はぴったりと閉じられている。大きな腹を御扉にぶつけ、狐の方は格子の隙間から、奥の本殿に呼びかけた。神奈の耳に、返事は聞こえない。

「ほ、ほら、お話し、したでしょう？　柳屋さんです。わざわざ足を運んで下さったのですよ。い、稲荷寿司まで、作って下さったのです。とても、美味しそうなのですよ、倉稲魂命様」

御祭神は起きてはいるらしいが、こちらに気を配ってはいないらしい。狐の方がいくら呼びかけても、本殿からは物音一つなく、反応らしい反応も視えない。御神使なら分かるのかと思ったが、狐の方の落ち込み方からして、本当に無反応のようだ。倉稲魂命様、と狐の方は丸い体を更に小さく丸めて、俯いた。

「う、倉稲魂命様、倉稲魂命様。お、おらの、こえ、きこえて、いらっしゃるで、しょうか……？」

倉稲魂命様、と湿った狐の方の声は、小さく掠れていた。堪りかねたように、鳩の方が神奈の羽織の裾を引っ張る。破かんばかりの力だった。

「柳屋！　そなたは何か視えぬか!?　分からぬのか!?」

「役に立たず、申し訳ない。今のところは何も。陣郎」

神奈は、辺りの警戒に余念がない番犬を呼んだ。先刻から陣郎が周囲を見回しては鼻をひくつかせているのが、気になっていたのだ。

「君はどう？　何かあるようだけど」

「微かだが、鉄錆みてぇな匂いなら、さっきからしているぞ。ああ、違った、昨日もしていたか」

「昨日言ってよ。鉄錆？　血かな」

首を捻る陣郎を、神奈は半眼で見やった。

神域では、血は穢れだ。案の定、御神使達が引き攣った声を上げた。狐の方に至っては階段から転がり落ちて、その勢いのまま、鳩の方に抱き付いていた。殴られたことは言うまでもない。

「か、烏や鼠の血か？　ならば、鎮守の杜の方からでは」

「違ぇな。多分、人間の血だ」

鳩の方の台詞に被せて、陣郎が断じた。御神使達の顔がさっと蒼褪める。

「倉稲魂命様が病み付いたのは、そのせいかな」

神奈は独り言つと、陣郎、と助手に指示を出す。

「匂いの元を見付けて。ボクはもう一度、絵馬を見て来る」

「何かあれば、呼べよ」

匂いの発信源を見付けるべく、陣郎は鼻を働かせ始める。神奈の行き先は、昨日の絵馬掛けだ。相変わらず、一目見るだけでもげんなりする量と内容だ。御祭神が病み付いたのは、実はこれが原因ではないのか。一瞬、神奈が疑いたくなっても無理はない。

「おい、柳屋！」

振り向くと、足音も荒く、鳩の方が駆けて来るところだった。一筆で描いたような緑黛を吊り上げている。

「そなた、助手に任せたが、何もしなくて良いのか？」

「今のところ、ボクの目には何も視えません」

神奈は再び絵馬掛けに向き直った。目で絵馬に掛かれた文字を追っていく。

「陣郎のように鼻が利く訳でもない。だから、情報を得られる可能性が高い手段に切り替えただけです」

「しかし……！」

「引き受けたからには、途中で投げ出したりしませんよ。同じ御神使として狐の方を心配するのは分かりますが、落ち着いて下さい」

「ふん！　あんな薄鈍(うすのろ)間抜け、誰が心配するか！」

鳩の方が鼻息も荒く、吐き捨てた。あれだけ狐の方が落ち込んでいては、彼女が噛み付きたくなるのも分かる。しかし、物事には適材適所があるのだ。

「ボクの目の届く範囲に、悪いものはいません。つまり、誰の瘴気もない、ってことです。倉稲魂命様自身も、祟り神や荒御霊(あらみたま)になっていません。もしそうだったら、ボクはここに立っていられない。この目と同じく、生まれついて、ちょっと敏感な特殊体質なんです」

「そう言うのは、そなたが今着ておるその羽織と、何ぞ、関係があるのか？」

気配に気付いた神奈が振り向くと、ふくふくとした子供の指が、つい、と羽織の裾を摘まみ上げていた。可愛らしく小首を傾げる鳩の方は、鳶(とび)色の大きな瞳を輝かせている。興味津々らしい。

「昨夜もそうだったが、柳屋はいつも、この羽織を着ているな。何かあるのか？」

「ええ、まあ」

少し迷ったように答えた後、神奈はちらり、と黒い羽織の裏地を返して見せた。途端、きゃっ、と短い悲鳴を上げて、鳩の方が掴んでいた裾を離す。大きな声を恥じらうように、慌てて両手を口元に押し付けた。

無理もない反応だ。羽織の中には、札という札が僅かな隙間もなく、びっしりと縫い付けられているのだ。着ている本人はすっかり見慣れているが、傍からすれば、気分の良いものではない。

「ご心配なく。鳩の方が触っても、害はありませんよ。これは、悪い奴が近寄らないようにするための盾です。同時に、ボクの体質防止でもあります。まあ、霊障は塞ぎ切れていませんが」

「盾？　ならば、札を見せる方向が逆だろう？」

「問題はボクの外だけじゃないんですよ」

神奈は嘆息混じりに肩を竦めて、今度は絵馬を片っ端から捲って確かめていく。ふぅむ、と鳩の方は難しい顔だ。

「難儀なことだな。そんな体質とやらで、良くもまあ、柳の成仏屋なぞという妙ちくりんなものをやっておるわ。そなたの親は心配せぬのか？」

「いません。死にました」

手を止めることなく、神奈は淡々と答える。え、と鳩の方の驚いた声が聞こえた。

「ボクの父は先代の柳屋だったんですが、死者や妖と関わるこんな仕事ですから、寿命が削られてしまうんです。鳩の方も、ご存じではありませんか？　女性は結婚や出産を機に、今まで見えていた人ならざるものが、視えなくなったり、聞こえなくなったりする、という話です。うちもそんな理由で、代々男性が多かったそうですが、ボクには兄弟も血縁者もいませんから」

「それで、見鬼で、一人娘のそなたが引き継いだのか」

心なしか、鳩の方の声が労わるように穏やかだ。

「妖や黄泉（よみ）の国のものは、童（わらべ）、取り分け男子（おのこ）を狙うが、年頃の女子（おなご）も好む。そなたの口調はある種の目晦（めくら）ましなのだな」

「細（ささ）やかすぎて、無意味ですけどね。……あ」

突然、神奈は一音を漏らして、押し黙った。

目に留まったのは一番上の段、病気との縁切り祈願の下に吊るされた絵馬だった。精一杯背伸びをして、何とかフックから外す。手に取ると、鳩の方が横から覗き込んで来た。

『火事がなくなりますように』

角張った文字の羅列は、新田幸助を呪った絵馬と同じ筆跡。この絵馬を書いたのは、小坂威吹だ。

昨日、同じ筆跡の沢山の絵馬を見付けた時、他にも彼が書いた絵馬があるのでは、と神奈は思い付いた。だが、これはどういうことだろう。書かれている内容は、新田幸助への呪いとは関係がないように読める。それとも、実は何か繋がりがあるのか。

その時、何とも情けない叫び声が聞こえた。狐の方だ。

顔を見合わせた神奈と鳩の方は、拝殿に向かって走った。しかし、声の主も陣郎の姿も見当たらない。

二人が賽銭箱の前を通りすぎた辺りで見回していると、拝殿の下から、狐の方の頭が出て来た。四つん這いの手足を必死に動かして、何とか這い出て来る。

姿が見えないと思ったら、こんなところを探していたらしい。狐の方は、顔に蜘蛛の巣を貼り付かせ、手足や絣を土まみれにしているものの、怪我は見当たらない。

「あ、あう、あぁぁ」

「大丈夫ですか、狐の方?」

「しっかりせぬか！」

顔を上げた狐の方に、神奈は昨日のデジャヴを感じた。見事に汗だらけの小さいおっさんだ。あうあう、と盛んに繰り返す狐の方は顔を拭いもせず、太い腕を伸ばして、鳩の方に縋り付こうとする。が、彼女からは拳という痛烈な拒否を喰らっていた。

「言葉を話せ、この薄鈍（うすのろ）！」

「あう、あ、あった、あったんだよ！」

「何がだ！」

さっぱり分からぬ、と鳩の方がばっさりと切り捨てる。主語を補ったのは、同じく拝殿の下から出て来た陣郎だった。

「人間の血だ。正確には、血の付いたナイフだな」

多少埃(ほこり)っぽくなっているものの、肉体労働を自負しているだけあって、狐の方の比ではない。首尾良く持参した黒い革手袋を嵌め、手には細長いものを摘まむようにして持っている。

刃が赤黒く錆び付いていたせいで、神奈は一瞬、ナイフだと分からなかった。この錆が陣郎の言った人間の血だろう。黒いグリップから伸びた刃渡りは十五センチにも及び、刃の背がギザギザの鋸刃になっている。サバイバルナイフだ。

いざ目の前にすると、素人の神奈でさえ、殺傷能力の高さが想像できた。見せられた凶器に、鳩の方が羽織の裾を引き絞るように握り締めている。怯(おび)えの色が浮かんでいても、矜持(きょうじ)が許さないのか、負けん気の強い視線は逸らさない。

「ここの祭神が元気ねぇのは、これのせいだろう。本殿の床下に放り投げられていたぞ。誰か人間を刺した奴がここに隠したんじゃねぇか？」

「でも、何でここに、こんなものを……？」

神奈の当然の質問に答えられる者は、この場にいなかった。とにもかくにも、事件の証拠や凶器の可能性があるだけに、警察への通報が必要だろう。

「絢緒が氏子総代と話しているはずだから、まず社務所へ行って、その人に……陣郎？どうかした？」

「ああ、ちょっと待て」

じっとナイフの刃を見ていた助手が、何かに気付いて社殿を見回している。賽銭箱に向かってすぐ左手、拝殿を支える太い柱を前に少し腰を落とした。ナイフを持ち替えると、柱をなぞる。

「やっぱりか。見ろよ、神奈」

上に向けた人差し指を引っ掻くようにして呼ばれ、神奈は陣郎の隣に立つ。言われるまま見上げれば、緩い曲線で囲まれた菱形のような跡がある。昨日、陣郎が見付けた傷だ。よくよく見れば、周りと比べてやや色が薄い。わりと最近に付けられたものらしい。

「どこかで見たと思ったら、ここと刃型が一緒だ」

「じゃあ、ここに刺さっていたナイフをわざわざ抜いて、本殿の床下に投げ込んだ、ってことかな。でも、何で？」

神奈は不可解そうに首を傾げる。

凶器を隠すつもりなら、最初から神社の床下に投げ込んでおけば良い。一度、目立つ場所に刺しておく理由が分からない。縁切りで有名な高草木稲荷だ。人が来ない訳がない。

不明瞭な事態は混乱を招く。いよいよ御神使二人が怯えるのを見て、陣郎が社務所へナイフを届けに走った。二人きりよりは良いだろうと、神奈は大人しくその場に留まる。正確には、羽織の裾を掴む鳩の方と足首に縋り付いて蹲る狐の方で、そうせざるを得なかったのだ。

何の気なしに首を巡らせれば、拝殿の柱には小さな穴があちこちに開いている。シロアリでもいるのかと思ったが、それにしては太い穴だ。

「そ、それは、人が絵馬や人形を、く、釘で打ち付けた跡です」

神奈の視線に気付いて、狐の方がおずおずと教えてくれた。先刻より幾分、顔色が良い。

「さっきも、助手殿と、お話ししていたのです。人が恨みを晴らすために、そんな方法があるのは、おら達も知っているのです。実際、鎮守の杜の中には、もっとあって、人形やら写真やらが、木に沢山、打ち付けられているのです。中には、本殿にも打ち付ける方がいるようで」

「罰当たりな人間は、いつの時代もおるからなぁ」

震える少女の顔はどこへやら。やれやれ、と大人びた様子で嘆息したのは、鳩の方だ。

実際、中身はかなりのお歳を召しているが。

「今でこそ、頻りに世話を焼いてくれる人間のお蔭で大分落ち着いたが、つい最近でも、鳥居や本殿など、ところ構わず色んなものが打ち付けられておった。そんな自己主張、傍迷惑以外の何物でもないわ」

「呪い、ですからね。それに頭が一杯で、見えていなかったんでしょう、色々」

神奈はそう言って、大きく嘆息した。

※

社務所の裏手にある縁側で、凌木絢緒は湯呑に口を付けていた。心遣いは嬉しいのだが、風味の飛んでしまった緑茶が少し残念だ。

先の電話で名乗った通り、ここでの絢緒は、多田八幡宮と高草木稲荷の歴史を調べている大学生だ。若い話し相手は嬉しいのか、多田八幡宮の氏子総代は厚い老眼鏡の奥で目を細めながら、歓待してくれた。ありがちなことだが、本題から逸れに逸れまくった話――彼女はいるのか、いないなら知り合いの孫を紹介するぞ、等々――を振って来るため、そのたびに軌道修正するのは、なかなか骨が折れた。

「高草木稲荷にも行って来ましたが、縁切神社と言われているわりに、綺麗で驚きました。

大事にされているのですね」

　そうさりげなく、絢緒は話題を振る。

　驚いたのは嘘ではない。日の出前に一人で訪れた時は、防犯の目的もあるのだろうが、景観を壊さない装飾で電灯が設置されていたのには感心した。

　ほんの少し前、人間にすれば結構昔、神域は神の住まう場所で、人工物が入り込むなど言語道断。思いも寄らないことだった。それだけ、最近が物騒だということでもある。

　顔も知らないご近所だの、話したことのない職場の同僚だの、一見何の変哲もない人間が実は、などと、今時珍しくもない。防犯において、打てる手は打っておくに越したことはない。

　昼間の今、改めて見る境内は掃除が行き届き、縁切りとは無関係に思えるほどに清浄な雰囲気だった。尤も、それは絢緒の目を通しての感想であって、過敏な体質の上司からすると、また違うのかも知れない。

「そう言ってもらえるのは、嬉しい限りだなぁ」

　目尻に烏の足跡を作って、氏子総代は満足そうに頷いている。白くなった髪を綺麗に整え、広がった額や硬くなった頬に刻まれた皺は深く、年齢相応の奥深さが感じられる。

「肝試し、えーと、今はホラースポット、って言うのかい？　高草木稲荷がインターネットや雑誌に載ったとかで、面白がった若い子達が夜にやって来るんだよ。近所迷惑だし、ゴミもその辺に捨てて行くもんでね。見回りも兼ねて、毎日の掃除は欠かせないんだよ」

「同じ世代として、お恥ずかしい限りです」

絢緒が申し訳なさそうな顔をすれば、いやいや、と氏子総代が鷹揚に笑った。

絵馬掛けの様子から、相当の祈願者が予想できたが、それ以上に訪れる人間の数は多いようだ。地元民からすれば、面白半分で騒ぐ連中は不愉快この上ないだろう。

「高草木稲荷は、今じゃあ、殆ど男女の縁切りばかりだね」

顎を撫でながら、氏子総代はしみじみと言った。

「調べている学生さんなら知っているだろうけど、元は悪縁を断ち切るためのお稲荷さんだった。有り難いことに、病気との縁が切れた、と寄付をして下さる方々もおるんだよ」

「燈籠の形をした電灯や高草木稲荷の鳥居にも、寄贈した方の名前がありましたね」

「そう。祭りの費用や修繕費にもなっておってな。本当に有り難いことだ」

絢緒は、高草木稲荷の参道を思い出す。夥しい鳥居の数はつまり、祈願が成就した数だ。

絵馬掛けの有様も、なかなか忘れられない。

「鳥居もさることながら、絵馬も凄い数ですね。適切に処理するのも、氏子達の仕事だと聞きました。あの膨大な数は、さぞ大変でしょう」

「ああ、まあ。どこの神社でも、年に一度の御焚き上げで済ませるんだがね」

苦笑しつつ、氏子総代は湯呑に口を付ける。

「基本、うちじゃあ、絵馬は毎年二月の初午の日、丁度八日辺りかね、その頃に全て御焚き上げするんだ。そうじゃないと増える一方だしね。でも、何日かして、絵馬がまだあるか確かめに来る祈願者もおるから、新しそうなのは残しておく。苦情にもなるからね」

　成程、と絢緒は頷き、昨日調べたことを頭から引っ張り出す。伏見稲荷大社の御祭神である宇迦之御魂大神(うかのみたまのおおかみ)が稲荷山へ降りたのが、七一一年二月の初午の日だったため、その日に全国の稲荷社が祀られるのだったか。

「御焚き上げと言えば、今年もやったんだがね」

　氏子総代は思い出したように、小さく息を吐いた。

「大したことじゃないのかも知れんが、ちょっと困ったことになるやもと、氏子連中とも話しておったんだ。毎年、御焚き上げの時は小雨程度でも降るんだが、今年は一切なかった。若い人は俗信だと思うだろうが、ちょっと気になってな。二月の最初の午の日か、四月初めの巳の日の夜、そのどちらかに、雨が降らないと火に祟られる、なんて言われておるんだよ。確かに、この近所の幼稚園や街路樹にも不審火があったから、心配でなぁ」

　ウチのお稲荷さんは調子が悪いのかねぇ、と氏子総代が冗談めいて零すので、そのようですよ、と絢緒が頷く訳にもいかず、相槌は茶と共に飲み下した。代わりに、違う話題を提供する。

「確かこちらでは、毎月十五日に月次祭を執り行うとか。これだけ大きな神社だと、年末年始や年明けに限らず、大がかりでしょう。宮司が常駐していないとは聞いていましたが、その分、氏子の仕事が多そうです」

「全くだよ。宮司も若い世代が不足しているから、老体にはきついねぇ」

「少子高齢化ですね。大学でも、そのせいで学生が集まらず、学費が高くなって困ります」

尤もらしく絢緒が言えば、氏子総代は学生さんも大変だな、と労った。

年明け前の月次祭の時期と小坂威吹が殺された頃。それぞれの時期に高草木稲荷で何かなかったかを尋ねたかったのだが、聞き返された時、適当な説明が難しい。まさか、御祭神が不調になる切っ掛けはないか、などと聞ける訳もない。

世間話を装って氏子総代の記憶を叩いてみたものの、思い当たることはないらしい。逆に塩羊羹（しおようかん）を勧められて、絢緒の方が思い出した。

「そう言えば昔、妻子ある男性に横恋慕した女性が、想いの分だけ伸ばした自分の髪を捧げた、というのを聞きました」

「あったねぇ、そんなことも。昔も今も変わらないなぁ」

そう言いつつ、氏子総代は塩羊羹を一切れ、口に放り込む。驚いたのは絢緒だ。

「今も、ということは、最近もあったのですか?」

「あったよ、ごく最近にも」

咀嚼しながら、彼は何でもないことのように言う。

「丑の刻参りだって、御百度参りだって、今もあるくらいだ。知っているかい？　参道の入り口から拝殿や本堂までを、裸足で歩いて参拝する。で、また戻る。それを百回繰り返す、って奴だね。ああ、また話がズレてしまった。ここを担当する派遣の宮司から聞いた話じゃあ、自分の髪の毛の束をきっちり桐の箱に入れて、奉納しようとしただけじゃなく、当時の宮司に祈祷までお願いしたらしい」

「豪胆な女性ですね」

感心したように、絢緒は頷いた。

昔の宗教者は地元での信頼が厚く、人格者とされることが多い。恐らく、髪を奉納した女性から、呪われた男とその家族を逃がそうとしただろう。そして、話が漏れ、噂として広まったのだ。

「わしは男の方の顔は知っておってな。色の白い、眉のきりっとした男前で、働き者だった。でも、その噂が広まった頃、気付いたら男もその家族も、この辺りから消えておった。恋慕した女の凄まじさも聞いておったから、逃げ切れたと思いたいが、どうだかね」

氏子総代でも、男とその家族がどうなったかまでは知らないらしい。何とも消化不良の話だ。

「多分、その話を知った今の人が真似したんだろうよ。朝、掃除をしておったら、拝殿に桐箱が置かれているのを、わしが見付けてなぁ。いやぁ、あの時は思わず腰が抜けたわ。魂消たの何の。髪の毛は……確か、これくらいだったか」

言いながら、氏子総代は合わせた掌を肩幅くらいに広げた。凡そ四十センチくらいだろうか。

「綺麗な黒髪だったのが、逆に怖かったのう。あれは、立派な呪いだな」

「昔から、女性の長い髪には魔力が宿る、なんて聞きますし。寒心に堪えない話ですね」

「お前さん、怖がっているようには全然見えないよ。わしはさすがに不気味で、初午の日に、他の絵馬と一緒に御焚き上げしたくらいだ。この年齢になると、大抵のことには動じなくなるが、やっぱり人間の怨念は恐ろしいねぇ」

氏子総代は台詞に反して明るく笑うと、湯呑を手に取った。

その時、社務所の玄関の引き戸の音がした。おい、いるか、とぶっきら棒に尋ねる声は、同僚の黒滝陣郎だ。氏子総代に配慮して一声かけたらしいが、もう少し挨拶らしくしたらどうかと思う。

一緒に来た学生だと、偽り半分で氏子総代に説明し、絢緒は玄関に向かった。

この場は適当に切り上げて、高草木稲荷に自分が向かうつもりだったのだが、何故わざわざ彼の方がここに来たのか。

絢緒の疑問は驚きと共に解決する。薄汚れた陣郎の手には、赤黒い錆のようなものが付いたナイフ。高草木稲荷の本殿の床下にあった、と同僚は簡潔に説明した。何故そんなところを探ったのか、と絢緒は問いたい。

その後、駆け付けた警察と野次馬により、多田八幡宮一帯は、俄かに騒然とすることとなる。

面倒臭いことになったのは柳屋一行だ。何せ、未成年と妖二人。氏子総代に姿を見られていない神奈は、そっと御神使二人に逃がしてもらったものの、凶器の発見者として事情聴取された助手二人は、なかなか解放されない。他人様には話せない方法で取得した人間の身元確認証は問題なかった。だが、陣郎の面構え（つらがまえ）に何を疑ったのか、警察から署へのご招待をされてしまったのだ。

この時ばかりは、流石に同僚の顔を恨んだ絢緒だった。

※

結局、神奈と助手二人が落ち合えたのは、午後四時近くだった。ファミレスで遅い昼餉を口に詰め込んだ助手達を待って、その後は本日の買い出しだ。

絢緒曰く、夕餉の支度は済んでいるが、毎日安いスーパーが更に安くなっているので是非行きたい、とのこと。我が家の台所番長に言われれば、たとえ火の中、水の中、カートが犇めく激戦地の中、特に陣郎は行くしかあるまい。

その結果は、取っ手が引き千切れそうなエコバッグ四つ、蓋が閉まらない上に底も抜けそう、むしろ壊れそうな段ボール箱三つ、というなかなかの好成績だった。

店を出た頃には、とっぷりと日が暮れていた。冷たい空気が頬を刺し、指先を容赦なく悴ませる。

荷物を積もうと、あちこちにガタが来ているおんぼろフーガのトランクを開けたところで、ふと、陣郎が顔を上げた。すんすん、と上向かせた鼻を鳴らす。絢緒も、鋭い目付きで周囲に目を走らせている。

「二人共、どうし――」

「おい、柳屋！」

怒鳴り声が鼓膜を刺した。視れば、丁度車が出て行った駐車スペースに、威吹が立っていた。焦った様子で声を張り上げる。

「火事だ！　家が燃えてる！」

「陣郎！」

応えるよりも早く、陣郎が荷物を放り出した。夕方時の混雑で、行く手を阻む車を器用に避(よ)けては、疾風のように駆け出して行く。先導するつもりだった威吹が呆気に取られて、見事に置いてけぼりだ。たとえ案内がなくても、陣郎の嗅覚なら問題ない。

「絢緒、ボク達も行こう」

「はい」

威吹に案内され、神奈達が到着した先は、スーパーの駐車場を出て百メートルも走らない住宅地だった。怒号と悲鳴が路地に反響する。既にできていた人だかりは、呆然とする者や延焼を心配する者、興味本位の野次馬など様々で、中にはスマホや携帯電話を向けている者もいた。人垣で近付けなかったが、それでも大きな炎は十分見えた。燃えていたのは良くある木造の空き家で、既(すで)に解体が決まっていたらしい。居住者がいなかったことに、近所の住人が安堵しているのが聞こえた。

赤い炎が割れた硝子からも噴き出し、崩れた木材を呑み込んでいく。投棄(とうき)されていたゴミ袋のビニールが溶け、漏れ出た中身がパチパチと熱く爆(は)ぜていた。それだけに飽き足らず、炎は更に貪ろうと立ち上っている。濛々(もうもう)と煙が立ち込め、近付こうとする者を熱気が炙(あぶ)る。猛火が、降り始めた夜の帳を焼いていた。

漸くパトカーが到着したらしい。両手を振って先導している者がいる。消防車はまだか、と誰かが叫んでいた。消防車のサイレンが遠い。丁度道が混む夕方のこの時間。まして道の狭い住宅地では、大型の緊急車両は進むことさえ難儀する。広がる被害を防ごうと、男達がバケツリレーを繰り返しているが、正に焼け石に水だ。炎に最も近付くリレーの最後尾に、汗だくの助手の姿があった。それに気が付き、うっかり身を乗り出した神奈を、絢緒が引き留める。

放火犯は、野次馬の中にいるものらしい。

ふと、そんなことが頭を過(よぎ)った。何の本だかテレビだかは忘れたが、放火犯は、燃え上がる様子や消火活動をする人、野次馬の反応を楽しむために、犯行現場に戻るのだとか。

神奈は首を巡らせる。そして、目が合った。

小坂威吹だ。

人だかりから少し離れたところで、幽霊の彼は、更に血の気の引いた顔を強張らせていた。神奈の視線に気付くや否や、踵(きびす)を返して走り出す。

「待って、威吹君！」

叫ぶが早いか、再び神奈は駆け出した。しかし、ピーコートの背中はみるみる遠ざかってしまう。ここが広いサッカーグラウンドではなく入り組んだ住宅地なのが、せめてもの救いか。感情的に突っ走る威吹は土地勘がなく、左折右折をするたびに少しだけスピードが落ちた。お陰で、神奈は見失ってはいない。が、追い付ける気配も全くない。

「さっすが！　元とは、はぁ、言え、は！　サッカー部、レギュラー、だよね！」

「うるさい！　来るな！」

「うわッ！」

何か反則技でも、と考えているると、不意の突風に、神奈の息が詰まった。両足の踏ん張りが間に合わず、足元どころか体ごと掬われる。文字通り吹っ飛ばされたのだ。後ろは道を挟んで、人様の家のブロック塀。衝撃に備えて丸めた体は、背中から思い切り打ち付けられた。

はずだった。

「ご無事ですか」

予期した痛さは、なかった。代わりに聞こえた声に、神奈は目を瞬かせる。見上げれば、見慣れた色の薄い髪と、赤味のある瞳。後ろから抱き締める格好で腕を回し、しっかりと抱き留めているのは、もう一人の助手だ。

「絢緒……！」

「怪我はありませんか、神奈」

「あ、ああ、有り難う。大丈夫だよ」

「何よりです。陣郎の方は、消防車が到着して消火活動中です。鎮火もすぐでしょう」

絢緒は神奈の両足がしっかりと地面に着いたのを見ると、腕を解いた。赤味のある目が前を見やり、それに倣って神奈が視線を転じると、呆然とした威吹が立ち尽くしていた。

自分が何をしたのか、そもそも本当に自分がやったことなのか、それも分かっていないようだった。

「や、やな、ぎや、ごめ、オレ……！」

「気にすることはないよ、良くあるポルターガイストだ」

頭に血が上った威吹が、無意識にしてしまっただけだ。

神奈はわざと明るい声で話し、小刻みに震える彼に近付いた。逃げる気を失った威吹は、細い声で謝罪らしき言葉を呟いている。しかし、それが段々と、違う様相を呈してきた。か細い声は変わらないが、必死に何事か繰り返している。

「ごめんなさい。ごめんなさい。……絵馬は、効かなかった……！」

先刻の暴挙への謝罪ではない。見開かれた目の中で焦点が定まらないまま、今度はガタガタと全身を震わせている。

『火事がなくなりますように』

彼が書いた、もう一体の絵馬を、神奈は思い出す。

「小坂威吹君」

神奈が目の前で立ち止まると、びくり、と大袈裟なほど、威吹の肩が跳ね上がった。俯いていた青白い顔がゆるゆると持ち上がり、視線が漸く合う。泣き出しそうな目は、悲嘆に満ちていた。

「威吹君。……もしかして、君」

威吹の目に、怯えが走る。

彼は一体、いくつ隠し事を抱えているのだろう、と神奈は思う。死んでも尚、それが彼を苦しめているように思えてならない。

「放火犯を、知っているのか」

そして自分は、彼をあの世へ送るために、いくつ暴かなければいけないのだろう。

泣き出す寸前までに顔を歪めた後、背を向けた威吹は掻き消えてしまった。

漆（しち）

幸いにして火事は死傷者を出すことなく、無事消し止められた。

通りすがりながら加勢した——ということにした——陣郎は、感謝した自治会長や近所のお年を召した方々から、自家製の野菜やら段ボール一杯の蜜柑やら高そうな羊羹やらを大量に押し付けられていた。絢緒が喜ぶ一方、何だか実写版昔話でも見ているような気分になる神奈だ。

次の日、多田八幡宮と高草木稲荷の様子を見て来る、と午前中から陣郎は出かけ、神奈と絢緒は小坂威吹に関する場所全てに車を走らせていた。

初めて会った公園で威吹を見付けると、絢緒の笑顔によるゴリ押しで、彼を後部座席に乗せ、いざ出発。他人にも視えていたなら、立派な誘拐である。

昨日の今日で、気まずい様子の威吹は、終始居心地が悪そうだった。話しかけられるのを拒否するように、窓の外をひたすら眺めている。しかし、大人しくしていたのも束の間、威吹は次第にそわそわと落ち着かなくなり、車がコンビニに滑り込むと、いよいよ見るからに焦り出した。

車内に絢緒を残し、神奈はあたふたする威吹をさっさと歩くよう急き立てる。向かった先は、とある一軒家。枝のあちこちに緑の笠を被せたような小振りの松が出迎え、門の脇には『小坂』の表札が埋め込まれている。

「やっぱり！　オレんちじゃんか！」

「柳屋流家庭訪問、ご本人を添えて。ごめん下さーい」

手土産を片手に、神奈がチャイムを押した。脱いだコートの下に赤苑高校の制服を着ているのを目にして、威吹は呆気に取られている。

開いた玄関から顔を覗かせたのは、彼の母親だと思われる四十代半ばの女性だった。実年齢はもっと若いのだろう。櫛は通しているようだが、ボブヘアには白髪が目立つ。綺麗に薄化粧はされているものの、小さな皺が刻まれているのが分かる。息子の勝気な目付きは彼女譲りだが、今は覇気に欠けていた。目の下の色素沈着は最近のものではない。紺色のセーターから覗く首元には、浮いた筋が影を作っている。

「はい、どちら様でしょう?」

「突然押しかけて申し訳ありません。小坂君のクラスメイトなんですが、お線香を上げさせて頂いてもよろしいですか」

「柳屋。アンタ、結構図太いのな」

「まあ、ご丁寧に有り難う。どうぞ、お上がり下さい」

破顔した威吹の母親は、恐縮しながら手土産を受け取り、快く迎え入れてくれた。隣からじっとりした視線を送る威吹を置き去りに、神奈は招かれるままお邪魔する。

通された居間は、赤々と燈る石油ストーブで温められていた。上部に載せられた鍋には水が注がれ、そこからうっすらと湯気が立ち上っている。今まで母親が寛いでいたらしく、座卓の上には赤い湯呑がそのままだ。居間の隅には、白い布を被せた白木の机の祭壇。小坂威吹が納まった、白い箱が置かれている。遺影代わりか、写真立てにはユニホームを着て豪快に笑う威吹の姿があった。

制服を着た本人は、立ったままそれを眺めた後、神奈の隣に腰を落ち着ける。どこか不貞腐れた顔で胡坐を掻いて、太腿の上に頬杖をついた。

「どうせオレはいないんだから、こんな気を遣ってくれなくたって良いのに。……母さん、痩せたな。というか、窶れた」

「理由は、君が一番良く知っているだろう」

綺麗に山を作った灰に線香を立て、合掌する神奈は小さく呟く。息を詰め、ぎゅうっと唇を噛み締める威吹の横顔が、横目に見えた。

「こんな寒い中、どうも有り難う。きっと威吹も喜んでいますよ」

どうぞ、と母親が湯気の立つ紅茶を勧めてくれた。神奈は有り難く頂戴し、両手で包むようにティーカップを持ち上げる。暖かい部屋で体は温まるものの、末端の指先はそうはいかない。じんわりと熱が移る。

「写真の小坂君、サッカーをしている時のものですね」

「ええ、そうなんですよ」

目尻に皺を作り、母親が嬉しそうに頷いた。

「高校の入学式の時の写真と迷ったんだけど、こっちの方があの子らしいと思って」

「はい、そう思います。彼がサッカーを大好きだったことは、皆知っていますから」

「サッカー部の皆さんが来て下さった時も、そう言ってくれました。有り難いことに部員皆さんで来て下さって。一人一本お線香を上げようとして、部長さんに怒られていたんですよ。わたし、思わず笑っちゃって」

口元に手を当て、くすくすと笑う声は控えめだ。サッカー部員の顔を思い出し、神奈もつられたように笑う。彼らならやりそうだ。そして、騒がしくしたことを、揃って謝罪もしていそうである。

「あの、あなたは息子と、親しかったのかしら……？」

母親は少し沈んだ声で尋ねた。

「あの子、レギュラーを外されてから、部活に行っていなかったようなんです。あんなにサッカーが大好きだったのに、夜にもこっそり出かけていたみたいで、心配していました。

男の子のことだから、と口出しは、しなかったんですけれど……」

きっと弔問したサッカー部員にも尋ねたのだろう。何か知らないか、と目で訴える彼女に、神奈は考える素振りをみせる。隣の本人の視線が物言いたげだ。

「ただのクラスメイトなので詳しくは知らないんですが、マネージャーの娘から聞いた話では、レギュラーを外されたことで、秘密の特訓をしていたとか何とか」

「あら、まあ。あの子、相当悔しかったのねぇ」

本当にサッカーが好きだったからねぇ、と眉尻を下げて安堵する母親には、きっと様々な心配と葛藤があったのだろう。神奈は胸中で謝罪する。これ以上、彼女を追い詰めることもない。

「ちょっと冷えて来たかしら。暦の上では春といっても、やっぱりまだまだ寒いわねぇ」

母親が腕を伸ばし、ストーブのつまみを捻って火を大きくする。カタカタと、ストーブの上の鍋が小さく揺れていた。

「ずっと家にいるなら、暖かくしてあげられるのに」

母親の小さな独白は、誰を、とは言わない。

神奈が隣を一瞥すれば、威吹は胡坐に頬杖の先刻の格好のまま、石像にでもなったように動かない。

「四十九日の法要には、あの子を冷たいお墓の下に納めなくちゃいけないと思うと、可哀想で辛いんです。……独りぼっちで、寒かったでしょうしねぇ」

彼が遺体で発見されたのは、十二月の霜が降りた明け方のことだ。

死ぬ苦しさも子を失った辛さも、味わったことはない。だから、神奈は彼女に真摯な言葉を返すしかなかった。

「死後の儀式は、生きている人間のためでもあるそうです。お母さんの心の整理が付くまで、小坂君と一緒にいたら、良いのではないでしょうか。お母さんの悲しみは、お母さんにしか分かりません。誰も咎められません。彼も、こんなに寒くちゃ嫌だと、言っているかも知れませんし」

少しばかりの冗談を交えれば、そうかも知れないわねぇ、と母親は潤んだ目を細めた。優しいその目は、息子を今でも慈しんでいる。

「あの、ところで。失礼は十分承知なのですが、小坂君の部屋に入らせて頂けないでしょうか」

「おい、柳屋⁉」

「部屋に、ですか？」

それまで石像だった威吹が声を荒げた。流石、親子。困惑する顔が瓜二つだ。神奈は酷く申し訳なさそうな顔で続ける。

「はい。実は言い難いんですが、彼にノートを貸したままにしていて。数学Aと古典と公民なんですが」

「あ、あ！　それ！　あぁぁああ！」

今の今まで忘れていたらしい。絶叫した威吹が、頭を抱えて打ちひしがれている。

「まあ、ごめんなさいね。あの子ったら、借りっぱなしで。どうぞ、好きに見て頂戴」

「いやでも、プライバシーって死んでもあると思う！　死者を代表して、オレが断固主張する！」

威吹は大袈裟な身振り手振りで、二人の間をうろちょろしては一人で吠え立てる。先程図太い神経をお褒め頂いたので、神奈はすました顔で完全に聞こえない振りだ。

母親が案内してくれたのは、二階の突き当たりの部屋だった。六畳の部屋にはベッドと学習机。床に転がるサッカーボールには納得した。壁には、神奈でも知っているサッカー選手の大きなポスターが一枚。漫画を除いて、本棚にはサッカー関連の書籍やＤＶＤが詰まっている。力押しだと聞いていたが、サッカーに関しては勉強熱心でもあったらしい。

チェストの上に所狭しと林立するトロフィーと盾を、神奈は今まで見たことがない。圧巻だ。写真立てにはチームメイトとの集合写真が収まっていた。優勝カップを掲げて誇らしそうだったり、カメラに向かって真剣な顔だったり。小学生や中学生の頃のものや、ごく最近のものもある。

整然としていながら、物が多い。しかしどこにも、埃一つない。母親がまめに掃除しているのは、明らかだった。

「わたしは下にいますから、用が済んだら声をかけて下さいね」

好きなだけ探して良い、と母親は戻って行った。盗難や破損の心配はしていないらしい。尤も、神奈は誓ってそんなことはしないが。この辺の大胆さが、男の子を育てた母親らしいのかも知れない。

「母さん、ごめんな」

部屋を出て行く母親とのすれ違い様、ぽつり、と息子の口から零れた謝罪が、彼女の耳に届いている様子はなかった。

「さて、ちょいと見させてもらうよ」

言うが早いか、さっと学習机の上を見た神奈は、引き出しを開けては引っ掻き回し、押し戻す。容赦ない荒業に、ぎょっと目を剥いたのは所有者だ。

「柳屋、何をやっているんだ⁉　周東さんから借りたノートなら、通学のバッグに……！」

「予想は付いてるよ。家探しついでに、君の交友関係とやり取りを知りたい。スマホがあれば一番だけど、お母上がお持ちかな。あ、えっちぃ奴とか赤面もののポエムとか出て来た時は、どんなにエゲつなくても嘲笑ものでも、ボクは全身全霊で渾身（こんしん）の見なかった振りをするから、乞うご期待」

「ないから、そんなもん！　……多分」

「全くないならないで、それは問題だ。君が至って健全そうで安心したよ、威吹君」

「何、その上からの発言！　アンタ、冷静すぎない⁉」

「君が火事か放火犯について教えてくれたら、こんな手間が省けるんだけど」

「女子って超怖、い、は？　……え、あ？」

　目を剥いたまま、威吹の口からは無意味な音が漏れる。神奈はそれを見もせず、手も止めない。今度は床に座り込み、スポーツバッグのチャックに手を掛けた。

　スポーツメーカーのロゴが描かれたエナメルのショルダーバッグだ。教科書やノートが適当に突っ込まれている間に、他とはデザインも扱われ方も違うノートが出て来た。表紙の上の方には科目名、下の方には案の定、周東の氏名だ。パラパラと捲ると、しっかりした止め跳ねで書体の揃った綺麗な字が並ぶ。重要事項が目に留まるように色数を抑え、適度に空きを取っていて、かなり見やすく工夫されている。

「君がいたあの公園は、周東さんの送り迎えの待機場所だ。夕方や夜遅くに、誰にも内緒で彼女の護衛をしていたんだってね。……それは死んだ今もかな」

　神奈は立ち上がって、背の高い本棚の前に立った。上段から横へ視線を滑らせる。卒業アルバムを引き抜き、パラパラと捲っては戻す。小柄な神奈からすると、なかなか首が辛い。

「ああ、それから高草木稲荷で、名前はないけど、君が書いたと思われる絵馬を見付けたよ。二体ね。火事がなくなるよう祈願したのは、放火犯が君の顔見知りだからかな」

振り返ると、唇を真一文字に引き結んだ威吹が、床を睨み付けていた。何も言い漏らすまいとする態度に、強情だなぁ、と神奈は肩を竦めた。

「仕方ない、話を替えよう。新田君の足が怪我するよう祈願した絵馬について」

「ッ！」

びくり、と威吹が怯えたように体を震わせた。責めているつもりはなかったのだが、彼の罪悪感は、そう聞こえさせたらしい。神奈はなるべく、明るい口調で続ける。

「君も見ていたから分かるだろう？　新田君が、自慢の俊足で華麗にドリブルをしていたのを。そもそも君の呪いは不十分だった。だから彼に、君の呪いの効果は現れない。絵馬もボクが処分する。だから、安心して良い」

「……あん、しん？」

威吹の口から漏れたのは、呆然とした声だった。瞬きを忘れた彼は、初めてその単語を知ったような顔だ。

「君は、彼が心配だったんだろう？」

何を言っているんだ、と神奈も負けずに首を傾げる。

「一時の感情に流されて、絵馬を掛けてはみたものの、それが現実にならないか、君は気が気じゃなかったんだろう。サッカーをする楽しさも、できない辛さも、君が一番分かっているんだからさ」

「……でも、オレ、絵馬を……」

「あれは、ただの板だ。君は安心して良いんだよ」

「……そ、っか……安心、して、良いのか……」

　そっか、と泣き笑いのような顔で、小坂威吹は、良かった、と零した。盛大に吐いた溜息は、肺の空気を全て出し切りそうだ。強張っていた肩の力が抜け、そのままずるずると、床に座り込む。

「でもさぁ、オレが新田を呪おうとしたのは、事実なんだよな。すっげー申し訳ないし、謝りたい。本当は分かっていたんだよ。偶々（たまたま）駅ですれ違った時、あいつがオレを本当に心配して、声をかけてくれたんだって。同情とか優越感で、そんなことする奴じゃないって、今なら分かる。でもオレ、余裕がなくて……」

「新田君は君を責めていないよ。君との最後の会話には、後悔していたけど。彼は絵馬について何も知らないんだし、謝られたところで困るんじゃない？　君のチームメイトだ、君の気持ちも分かってくれるよ。そうじゃなきゃ、サッカー部の皆で、お線香を上げに来ないさ」

　大人数って迷惑になるし、と付け加えれば、身も蓋もねぇな、と威吹が俯いたまま笑った。顔を上げる気力はないらしい。

参考になるような物が見付からず、ふと、神奈は一番大きな写真立てを手に取った。嵌め込まれているのは、赤苑高校サッカー部の写真だ。試合に勝った時らしく、ユニホームを着たプレイヤーを囲んで、皆、満面の笑顔を浮かべている。

「サッカー部の元部長さんは、従兄妹だと名乗ったボクに、気を悪くすることを謝った上で、捜査の進捗(しんちょく)を聞いて来た。君の訃報を聞いた時、部員の皆さんは犯人に腹を立てたし、泣いた人もいたって。今だって、腸(はらわた)は煮えくり返っているだろう。マネージャーさんは泣きすぎて倒れたそうだ。自分が護衛を頼んだせいだって、周東さんは自分を責めていた。威吹君、君は全部知っていたかな」

勢い良く顔を上げた威吹は、小さく首を振った。驚きと焦りで、声が出ないらしい。

周りの人間の様子までは、気が回らなかったらしい。突然死んだのだから、当然ではある。この世に留まっているとはいえ、気持ちの余裕はなかっただろう。

「さっきだって見ただろう。母上は死んだ君が、今でも寒くないか心配している。今の君が寒さを感じるかどうか、なんて関係ない。独り善がりも承知の上。彼女はただ、息子の君が心配なだけさ。君は愛されていたし、今でも愛されているんだよ。それをきちんと、知っておいてくれ」

写真立てを戻す神奈の耳には、鼻水を啜る音が聞こえた。

「……謝りてぇ」

威吹の震える声は、湿り気を帯びていた。神奈が肩越しに一瞥する。唇を噛み締めた彼が、拳で目元を拭っているところだった。

「謝れたら、良いんだけどな。母さんに親不孝をしてごめん、って。中峪さんとか、サッカー部の連中にも、一言でも良いから謝れたら良いのに。ごめんなんて言葉じゃ、全然足りないけど」

「うん、確かに足りないと思う」

「……柳屋、空気を読もうぜ」

「読んだ結果だよ、威吹君」

読めよ、空気を、と項垂れる彼より、神奈の方が数倍も呆れ顔だ。

「君、ボクの話、ちゃんと聞いていた？『ごめんなさい』や『申し訳ない』だけで足りる訳ないだろう。彼らの元に、死んだ君が謝りにでも現れてみなよ。何してんだよ、って叱り飛ばされるよ」

裂けんばかりに目を見開いたまま、威吹は言葉を失くした。残された人間がどう思うか、想像できないにもほどがあるだろう。

神奈は生前の威吹が使っていたベッドの前に立った。ひと昔前の男子の代表的隠し場所の一つが、ベッドの下だと聞いたことがある。ならば、可能性の一つとして、ここも探らねばなるまい。

ベッドの下を覗き込もうと、神奈が膝を突いた時だ。威吹の口から大絶叫が飛び出した。

「ぎゃあああ！　やっべぇえええ！」

誰にも見られたくないお宝、とうとう発見か。

ボク、女優になる！　と拳を握って決心する神奈をよそに、威吹は両膝を突き、頭を抱えて天井を仰いだ。さながら、オウンゴールを決めてしまったサッカー選手のようだ。

「やっちまった！　三枚も借りっぱなし！　アジア競技大会とワールドカップのやつ！」

「と、見せかけた、中身はほぼ裸のお姉様がご出演していらっしゃるアレ？」

「ちっげーよ！　ああもう！　ホントにごめんなさい、中峪さん！　佐野川さん！　あ、これ、新田のだ！」

「……君ね」

「柳屋、オレの代わりに返してくれ！　ついでに謝っといて！　お願いします！」

「………」

顔の前で、ぱん！　と勢い良く両手を合わせた後、威吹は思い切り頭を下げた。

これも成仏屋の仕事の内だ。きっと。多分。

威吹の頭頂部を見下ろしながら、神奈は自分にそう言い聞かせて、溜息を吐いた。

※

彼は、己の失態に大きく舌打ちするしかなかった。

彼女がそんな奴と会っていたことは覚えている。しかし、今では目と鼻と口があったことくらいしか、記憶にない。彼女以外の人間など、道に捨てられた噛んだ後のガム以下なのだ。思い出す以前に、覚える気も必要もない。

だから、この事態は予測していなかった。名前か、せめて通っている学校の名前くらいが聞こえていたら、こんなに手間取らなかった。探し出すのには、時間がかかる。

それでも、彼女を守るためだ。

彼の拳は打ち震えた。その使命を思うと、胸が甘く締め付けられる。頭の後ろが熱くなり、我ながら訳の分からないことを叫びたい衝動に駆られるのだ。

二度、三度と深く呼吸する。肺に酸素を送り込み、今まで碌(ろく)に使って来なかった脳細胞を、必死に働かせる。

覚えているのは、奴が乗り込んだ車の色と車種くらいで、ナンバーに至ってはうろ覚えでさえない。自分の観察眼と記憶力が呪わしい。バイトの時間までには、十分な時間はあるものの、どう探したものか。

彼はブルゾンのポケットに手を突っ込んだ。その中に仕舞っていた板の角を、まるで、宝物に触れるように、そうっと撫でる。事実、彼にとってはそれに等しい品だった。

方法が思い付かずに、時間だけが過ぎていく。そんな彼だったから、いつもの場所から、そう遠くないファミレスの駐車場で、妙に引っかかる車を見付けた時は信じられなかった。間違いないと確信したのと同時に、彼は彼女の運命に感謝した。

彼の、ではない。彼女の、だ。

彼は躊躇（ちゅうちょ）なく店に入ると、ぐるりと座席を見渡した。

いた。禁煙席の一番奥。

正午を大分すぎて、太陽が西へ傾き始めた頃となると、店内の客もまばらだ。店員の案内を待たず、一つテーブル席を空けて座った。遠からず近からず、不審に思われない距離。連れの男の後ろ姿を挟み、丁度奴の顔が見える位置だ。

探していた人物は制服を着て、呑気にパフェにかぶり付いている。

客に気付いた店員をドリンクバーの注文で追い払い、彼はスマホを弄る振りで、そっと視線を上げた。曖昧だった記憶が、はっきりして来る。こいつに間違いない。

これはきっと、彼女の加護のお陰なのだ。不利な状況になっても、彼女が導いてくれる。

だからこそ、彼はこの願いを成就させたかった。全ては彼女のためなのだ。

気紛れに聞き耳を立ててみるも、狐がどうの、火事がどうのと、途切れ途切れだ。最初から興味がなかった彼は、早々に聞き取ることを諦めた。

それから三十分もせずに、二人は立ち上がった。男が支払いを済ませるのを待ち、女と揃って店を出て行く。それを横目で一瞥した彼は、カウンターに伝票と五百円玉を置いて、後を追った。

昼間に行動を起こす不安は、勿論ある。しかし、彼女の憂いを晴らすためには、一刻も早くやり遂げたかった。

それに、いくらか勝算はある。

ここの駐車場は、店の裏手にあって人目に付きにくい。そのまま北の出入り口から住宅街方面に逃げれば、すぐには追い付けない。今回の狙いは、あのチビの女だ。彼女とはまるで違う生き物。チビで不細工で、視界に入るだけで胃がむかむかして来る、不愉快極まりない存在。以前とは違い、絶命したと分かったら手を止めることが必要だ。夢中になれば、それだけ逃げるまでに時間がかかる。

連れているのは男だが、彼の使命の前では何の障害にも思えなかった。

所詮（しょせん）、上背があるだけの優男にすぎない。それに人間、いざという時には、咄嗟に反応できないものだ。

彼は経験上、それを知っていた。それはこれから襲われる女とて同じこと。呆然とする様子が容易に想像できて、口元が緩む。

女が、優男と並んで駐車場に入ったと同時に、彼は取り出したサバイバルナイフの柄を握り込んだ。少し早まった彼の歩調が、段々駆け足になる。

車のドアノブに手を掛けた女が、不意に振り返った。黒目勝ちの目と、彼がかち合ったのは瞬き一つの間だけ。女が彼の手に気付き、瞠目(どうもく)する。

だが、遅い。

彼は女の首にナイフを振り下ろした。

はずだった。

ナイフを振り被った瞬間、彼の横っ面を衝撃が襲ったのだ。

カラン、と冗談のように軽い音でナイフが落ちるのを、聞いた。

まるで顔を爆発させ、肉が飛び散ったような痛みだった。目から火が出る、なんて生易しいものではない。脳味噌が揺さぶられ、指先まで高圧電流を流されたように痙攣した。

視界は一瞬でブラックアウトだ。

文字通り吹っ飛ばされた彼の体は、頭からアスファルトにぶち当たった。それでも殺せなかった勢いで体が滑り、砂利が顔の皮膚を削る。

肩と頭を強(したた)かにぶつけた痛みで、彼はそこで正気付いた。漸く戻った視界だが、無理やり掻き回したように目が回っている。口の中を切ったらしく、鉄の味が舌に広がった。

揺れが小さくなり、状況が良く分からないながらも体を起こそうとして、彼は気付いた。

目の前には、真っ直ぐに伸びた二本の脚。

見上げれば、先刻の優男が、世にも美しい笑みを浮かべて、見下ろしている。

この男だ、と彼は直感した。この男が、自分の頬を蹴り飛ばしたのだ。

理解するや、彼は腹這いのまま、慌ててナイフに手を伸ばす。漸く届いたその時、男の脚が彼の手の甲に容赦なく振り下ろされた。

「ぎゃああ！」

絶叫が彼の口から飛び出す。掌の下で刃が捩れて、生温かい血の感触がした。

「流石、彼女を狙う愚物だけあって、何とも汚らしい悲鳴でいらっしゃる。豚の方が、まだ可愛い断末魔です」

彼の肌が粟立つ。ぶわり、と汗が吹き出た。

低く凪いでいる男の声が、どんな凶器より冷酷に響く。

「そのナイフと同じものを拝見したことがあります」

彼が恐る恐る見上げた先で、男の赤っぽい瞳が紡錘形に細くなっていた。薄い唇が綺麗な弓なりを描いている。口調とは裏腹に、何とも愉しそうだ。

「警察の話によると、発見されたナイフが、小坂威吹さんを刺したナイフの刺し口に似ているとか。あなたが犯人ですか？」

やっとの思いで、彼は生唾を呑み込む。

次に何をされるのか。じわじわと押し寄せて来る恐怖に、心臓が縮んだ。

「それについて、私個人は興味がないのですが」

手の甲に載る圧迫が軽くなるのと同じく、彼の気が緩む。が、次の瞬間、男の踵が叩き付けられた。

「ぁあぁぁッ！」

踵がめり込み、骨が嫌な音を立てる。彼は、動かせない右手はそのままに、もう一方の手で男の足に取り縋った。指先に力を込め、爪を立てているのに、男はびくともしない。

彼の足は我武者羅にアスファルトを掻き、全身で悶絶する。

「や、やめ……！」

「彼女を刺そうとしましたね。何故です？」

「やめろ、絢緒！」

唖然としていた女が男の背中にしがみ付き、制止を叫んだ。

「駄目だ！　それ以上は、ただの拷問だ！」

「しかし、何も聞き出せていません」

「そもそも痛みで話せないだろうが！」

至極尤もな意見に、男が渋々、力を弱める。が、彼は依然として動けず、アスファルトにへばり付くしかない。

女は彼の手がぎりぎり届かないところに膝を突き、顔を覗き込んで来た。

「顔に覚えはないけど、あなたは誰だ？　もし小坂威吹君を殺したのがあなたなら、周東未散さんに付き纏っていたのも、あなたか？　何故、高草木稲荷の本殿の下に、ナイフを隠したんだ？」

「私の先程の質問にも答えて下さい」

男は丁寧な口調ではあるが、彼の手を踏み付けている以上、脅迫に違いない。

女は何が聞きたいのか。本殿とは何だ。

女の揺らがない声にも真剣な顔にも、彼は苛立って仕方がなかった。

彼は口を窄めて唾を吐き掛けたが、惜しくも届かない。舌打ちする彼の顔面に、男の蹴りが食い込んだ。噴出した鼻血が彼の口元を濡らす。意識が飛ぶも、右手の激痛が気絶を許さない。踏まれた手が燃えているように熱い。

女が男に向かって何事か叫んでいるのが、彼には酷く耳障りだ。鼻の奥に溜まり始めた血で、上手く呼吸ができない。

「殺す！　殺す！　殺す！　殺す……！」

汚く濁った声は怒りで引き攣り、彼の怨嗟そのものだった。

「小坂威吹のいとこ！　お前を殺す！　お前だけは！　ぜってぇ殺す！」

「質問の答えになっていません。無能ですか」

「ぎゃあああッ！　やめ！　やめ、ろ！」

ゴリゴリと踵で彼の手は擦り潰されて、遂に骨の砕ける音がした。それでも靴底は退かない。彼の咽喉から、裂けんばかりに悲鳴が迸る。

退屈です、と溜息交じりの優男の声が聞こえた。

この男、最初からどう答えても、こうするつもりだったのだ。そうでなければ、最初の男の一撃で、彼は意識を失っていたはずだ。

何とか男の足を退かそうと、もう一方の手で脹脛(ふくらはぎ)を叩き、爪が食い込むほど掴みかかる。しかし、微動だにしない。ただの優男だと思ったのはとんだ勘違いだった、と彼は己の甘さを今更ながら悔いた。

そんな彼を見て慌てたのは、何故か女の方だ。女は立ち上がると、目の前の男の背中を両手で強く引っ張った。

「絢緒！　それ以上は……！」

「何故です」

被せるように即答した男は、彼を見下ろしたまま、足に体重を載せて来る。徐々に加えて来るところが陰湿だった。痛みと恐怖に耐えられず、彼が靴とアスファルトの隙間に手を差し込んで持ち上げようとしても、男の足を殴り、怒鳴って喚き散らしても、容赦なく男の踵が彼の手にのし掛かって来る。

彼は再び、男の顔を見た。愉しそうでもつまらなそうでもない。声音も同様に、今は全くの無表情だった。

「この男はあなたを殺そうとしました」

「話を聞け、この悪趣味サド！」

怒鳴った女が、男の横っ腹に拳を突き込んだ。が、大声も拳も慣れていないのか、女がふらりとよろけて、痛そうに拳を抱えている。

男は微塵も動じず、それどころか、女の心配をしているのが、何とも滑稽だ。そんな男のコートを掴んで、女が必死に声を張り上げた。

「君の耳は飾りか⁉　ボクはやめろと言ったんだ！　しかも君、愉しんでいるだろう⁉」

激痛で踠き苦しみながら、やっぱり、と彼は頭の隅で思う。あれは、どうやって苦しめてやろうかと、じっくり見定める人間の顔だった。それも、手持ちの中から自分が愉しめそうな方法を選ぶ、最悪なタイプ。途中で興味が失せたようだが、どちらにしろ、被害者はトラウマ必至。肉体だって無事ではない。今の自分が、まさにその例だ。

その性癖、何とかしろ！　と女が怒鳴れば、男は憮然とした顔だ。

「こんな小物一匹で愉しんでいると思われるのは、甚だ心外です」

「そうじゃないだろうが！」

「な、何、しているんです、か……！」

彼が何とか視線を動かせば、ファミレスの女の店員が従業員用出入り口に立っていた。ごみ袋を抱え、顔を引き攣らせているのが、うすぼんやりと見えた。興が醒めたのか、男がわざとらしく、足を浮かせた。彼の手が通り抜けられるほどの、僅かな隙間だ。

彼はそれを逃さず、手を引き抜いた。反対の手で、ナイフを拾い上げる。女の方へ振り向いたが遅かった。既に男が背後に庇っていて、女には手出しできない。

時間がかかりすぎた。店員にも目撃されたのだ。逃げるしかない。血で濡れた右手が熱を持ち、腫れ上がっているのが分かった。

折角、彼女の加護があったというのに。

血とは別のもので、鼻の奥がツンとする。彼は涙が出そうになるのを必死に堪えた。女を仕留めそこなったことは勿論、彼は、彼自身の無様さにも、無性に腹が立ったのだ。

捌(はち)

赤紫を滲ませた雲を余韻のように残し、太陽がすっかり沈んでしまうと、東から闇色がやって来た。夜の凍てつくような寒さが肌を刺す。

賽銭箱の前に立った神奈は、徐に空を見上げた。

月は見えない。

高草木稲荷の周りを囲む鎮守の杜は、背の高い常緑樹ばかりだ。電灯の燈籠が、固い幹をぬうっと照らし出す。日中、太陽の光を吸収した葉が黒々と浮かび上がり、その間から覗く枝は、まるで枯れた骨のようだ。

辺りには、夜の気配が迫っていた。

人工の明かりが届かない闇の中で、じっとこちらを窺うもの達がいる。そばに控える恐ろしい番もあって、悪戯に明暗の境をなぞることはあっても、それ以上は近付いて来ない。こちらがやたらに手を出さなければ、何も害はないのだ。

「柳屋、暗くなって来ちゃったぞ。こんなところで、何をするつもりなんだ?」

近くの朱の鳥居のそばで、威吹がこちらを振り返った。彼は公園にいるところを、用件も聞かされないまま、連れて来られたのだ。

「良いかな、威吹君」

しかし、神奈は彼の当然の質問には答えず、代わりに威吹の目をしっかりと見据えた。まるで子供を諌めるように、丁寧に区切って言い聞かせる。

「さっき言った通り、何が起こっても、落ち着いていて欲しい。じゃないと、怪我人が出る」

「わ、分かっているって」

被害に遭いかけた人間に指摘されて、威吹は気まずそうしながらも頷いた。

石畳を弾く固い足音を聞いて、神奈はそちらに視線を移す。それにつられた威吹が、驚いて後退った。朱を連ねた鳥居を潜って、こちらに歩いて来る人影がある。

神奈は愛想の良い顔を作り、どうも、と声をかける。

「今晩は。忙しい中、来てくれて有り難うございます、周東末散さん」

黒タイツに包まれた長い足が止まり、ダッフルコートから覗いたスカートの裾が小さく揺れる。現れたのは、周東末散だった。

見知った顔に気が緩んだのか、彼女は強張らせていた顔を和らげ、小さな安堵の笑みを浮かべる。朱の鳥居を照らす燈籠の明かりが、美しい少女を浮かび上がらせていた。

「ああ、小坂くんのいとこさん。ノート、見付かった？」

「あああぁああ、ごめんな、周東！　本当に、ごめんな！」

両手を擦り合わせて、必死に謝り倒す威吹の姿は、周東には当然、視えていない。なかなかシュールな光景だ。笑いそうになるのを咳払いで誤魔化し、勿論、と神奈は答えた。

「でも、返却の前にまず、あなたに謝ります、ごめんなさい。ノートを口実に、あなたを囮（おとり）にしました。誘（おび）き出すために」

「お、囮？　誘き出すって、何を？」

目を瞬かせる周東の周りには、隣の威吹と同じく、疑問符が浮かんでいそうだ。二人の無垢な反応に、神奈はにっこり笑って見せる。

「小坂威吹君を刺した犯人です。今も、あなたの後をつけて来ていますよ」

「え……？」

声を上げたのは威吹だったか、周東だったか。

神奈が鳥居の向こうに視線を投げれば、二人は勢い良く振り返った。人の気配に気付いた周東が、飛び上がらんばかりに驚き、怯えてこちらに向かって逃げて来る。

鳥居を潜って現れたのは、黒いジーンズとブルゾンの男だ。

元は綺麗に脱色していたらしい髪は、今や頭の上半分が地毛に戻り、黒と金が同じ比率になっている。ぐるぐる巻きにされた右手の包帯の白さが目立った。猫背気味の細い体躯から怒りのオーラを撒き散らし、殺意を込めた目で神奈を睨み付けている。

「何で、お前が未散と一緒にいるんだよ、小坂威吹のいとこ……！」

男が唸るような声で吐き捨てた。鼻と頬の辺りを赤黒く腫らしているが、その顔を忘れるはずがない。

「こいつだ……！」

男を睨んだまま、威吹が怒りを滲ませた声で叫んだ。

「オレを殺したのは、この男だ！」

それを聞いた神奈は男を見やる。威吹の台詞に加えるなら、ファミレスの駐車場で自分を襲った男でもある、ということだ。

「あ、あなた、万引きの……！」

驚いた周東が、続く言葉を失ったまま後退る。そんな彼女を視界に収めるや否や、男の表情は一変した。顔には明らかな喜色が広がり、まるで咽喉元を擽られる猫のように目を細めた。

「未散ぅ、覚えていてくれたのかぁ。そうだよぉ、オレはあの時、お前に万引きの冤罪から助けてもらったんだ。あの時のことは、一生忘れない。絶対に忘れるもんかぁ」

猫さえ逃げ出す猫撫で声に、周東が怖気に身を竦ませている。そんな彼女の前に、殺気立った威吹が立ちはだかった。見えず、触れずは分かっていても、じっとしていられないらしい。

痛む蟀谷(こめかみ)に耐えつつ、神奈は司会者のように掌で示してみせた。

「ご紹介しましょう。彼は浜上順太(はまうえじゅんた)さん。周東さんに万引きの冤罪から救われて以来、付き纏っていたストーカーです。ピアノ教室のそばにある、ライブハウスのバイト君ですね。そして小坂威吹君を刺し、凶器のナイフをこの縁切神社に持ち込んだ犯人です」

「こ、この人が、小坂くんを……？」

小さく息を呑んだ周東が、それ以上の言葉を押し込むように、口元を両手で押さえる。恐怖と怯えの色を滲ませた目が、今にも転がり落ちそうだ。

「おい、柳屋！　どういうつもりだ⁉」

痛ましそうに周東を見るなり、威吹が神奈に食ってかかる。

「あと、いとこって何⁉　アンタがオレの身内って初耳だけど⁉」

素知らぬ顔の神奈は、片耳に指を突っ込んで聞こえないふりをした。

「何で驚くんだよぉ、未散ぅ」

蒼褪める彼女を前に、浜上は大きく体を傾げさせた。

「知っていただろぉ？　俺がずうぅっと見守っていた、って。あいつを殺したのだって、お前のためだろぉ」

「な、何を、言っているの……？」

困惑を露わにした周東に代わり、神奈が口を開くことにした。

「浜上さん。あなたが小坂威吹君を殺したことに、間違いはありませんか」

「さっきオレ、そう言ったじゃん！」

「だったら、何だ」

地団駄を踏んでいる威吹はこの際、無視だ。先刻とは打って変わり、殺気立った声と表情で浜上が肯定する。

「あの夜、小坂の馬鹿は公園で未散と会って、浮かれていたからよ。その隙を突くのは、簡単だった」

「その理由を聞いても？」

「未散が望んだからだ。それ以外にねぇだろうが。お前も殺す！　絶対に殺す！」

獣が吠えるように叫んだあと、浜上は負傷していない方の手でスマホを振って見せると、器用に片頬を上げた。

「今って便利だよなぁ。掲示板にちょっと書き込めば、すぐに人が集まるんだから」

「何だ……？」

威吹が用心深く辺りを窺う。鎮守の杜が騒がしい。

小路の他に、木々の間でも複数の奇声が飛び交い、こちらに向かって来る。神奈が耳を澄ませる間もなく、ぞろぞろと男達が出て来た。浜上と同じような黒っぽい服装で、腹が突き出た奴や、毛幹が息絶えていそうな脱色をした髪の男。モヒカン擬（もど）きや丸坊主といった奇抜なのもいる。ゴリゴリと石畳を削っているのは、彼らの手にした鉄パイプや金属バットだ。随分と物騒なシルバーアクセサリーである。

「あっれえ、もう始めちゃってる感じぃ？」

「どぉーもぉ！　お邪魔しちゃいまぁーす！」

「よっしゃ！　女の子もいるわぁ！」

境内に響く下卑（げび）た笑い声。糸を引くような話し方が耳に絡み付く。彼らの品性が良ろしくないことは明白だった。

「に、逃げろ、柳屋！　周東を連れて、早く逃げろ！」

血相を変えた威吹が必死に叫んだ。

「鳩の方、狐の方。人除けの結界を」

日が沈んだとはいえ、参拝者が来ないとも言い切れない。神奈は絵馬掛けの陰に隠れていた御神使達に頼むと、震える周東の手を引いて、自分と賽銭箱の間に滑り込ませた。

代わりに、それまで静観していた助手達が進み出る。

「これはまた、随分と俗悪なお客様ですね」

「やっと出番か」

歓迎の挨拶として、絢緒が穏やかに微笑み、陣郎は尖った犬歯を見せる。

そこに突然、杜から人影が飛び出した。死角を突いて、奇襲を仕掛けたのだ。

「ツラァア！」

威勢の良い巻き舌で、男が陣郎の背後から細長い棒を振り下ろす。西瓜(すいか)割りよろしく、頭をかち割った手応えに、男が調子外れの高笑いを上げる。

が、その嘲笑はすぐに消えた。

「アァぁ？　いの一番で斬り込んで来たくせに、それかよ」

呆れ顔で振り返った助手は、全くの無傷だ。金の瞳を凶悪なまでに光らせている。ぐふぐふと、ドブのような含み笑いを漏らしていた他の男達は、棒を呑んだように硬直した。人相の凶悪さと桁外(けたはず)れに強靭な肉体、どちらに驚いたのか、と神奈は他人事だ。気配に聡い陣郎が、そう易々と背中を取られるはずがない。背中を見せたのはわざとだ。

陣郎は鉄パイプを取り上げると、両端を持って力を込める。冷えた飴細工のように真っ二つに折られた鉄の凶器が、あっさりと投げ捨てられた。馬鹿力どころではない。

喉を引き攣らせ驚愕に後退(あとずさ)る男の胸倉を、大きな手が掴んで引き寄せる。身長差で男の爪先が、下手糞なステップを踏んでいる。男の眼前に迫った金の瞳は、恐怖以外の何物でもないだろう。

「加減も分からねぇ奴が、得物を振り回すんじゃねぇ」

「ひぃ、あ、わあああ！」

間抜けな絶叫が上がったかと思えば、男の体がひょい、とボールのように放り投げられた。巨大な剛速球のパスを、烏合の衆は受け止めることも躱すこともできず、巻き添えを食らって、強かに体を打ち付けていた。

意に介すことなく、陣郎は同僚に呼びかける。

「おい。一発目を我慢すれば、後は何しても良いんだろ？」

「はい。確か人間の社会では、正当防衛のはずです。ただし、出血をさせてはいけません」

これ以上聖域を穢すな、と釘を刺すもう一人の助手は、正当防衛の意味を都合良く解釈している。

「私は何分、喧嘩が不得手ですから、手元が狂ってしまうかも知れません」

「嘘を吐くと、閻魔に舌を引っこ抜かれるんだぞ」

いけしゃあしゃあと宣う絢緒に、陣郎が半眼になる。その間も、男二人が絢緒に幾度となくナイフを突き出すが、彼は綺麗に避けていた。しかも、紙一重で避けて煽り立てるという性格の悪さ。業を煮やした別の一人がジャンプ式警棒を取り出し、絢緒の背後へ突っ込んで行く。

男が警棒を振り被った瞬間、空気を切り裂く音がした。

絢緒の足が、警棒だけを蹴り飛ばしたのだ。唖然とする男の顔に腕を伸ばすと、絢緒はその額に向かって中指を弾く。いわゆるデコピンだ。

可愛らしいお仕置きに反して、聞こえたのは鈍い打撃音だった。

受けた男は声を上げる暇もなく、弾かれた勢いで後ろ頭から地面に沈んだ。気絶したらしく、動き出す気配はない。

己を奮い立たせるように怒声を上げ、二人の男が捨て鉢にナイフや金属バットを振り回し始める。卒なく躱す絢緒は、男達の額に中指を打ち込んでは、次々に沈めていった。

勢い良く弾き飛ばされる坊主頭は、まるでパチンコ玉だ。

そんな助手二人の応戦に尻込みしていた男達は、転がるように逃げ出した。

彼らの間に義理や友情はなく、暴行目的でこの場に集まっただけにすぎないのだ。見事に期待が裏切られた結果、神奈の目の前は阿鼻叫喚の恐慌状態だった。

「分かっていたけど、柳屋の助手さん達、強くね？」

つか、えげつなくね？　と冷や汗を滲ませた威吹が口の端を引き攣らせている。神奈は無言で、そっと視線を逸らすしかない。

その先で、物陰から観戦している御神使達に気付いた。歓声に手を叩き、指笛まで吹いている。彼らの手に握られているのは、差し入れた稲荷寿司だ。見世物ではないのだが、と神奈は苦笑する。

ふと、助手達の様子を見ていた男の一人と、目が合った。浜上だ。

燈籠に照らし出される中、彼は神奈に気付くと、横一杯に口を押し広げて暗く笑った。照準を合わせたように据わった目が爛々と輝く。くるり、と体の向きだけをこちらに変えた時、気付いた威吹が何事か叫び、周東が悲鳴を上げた。神奈は咄嗟に浜上の前に出ると、周東を背にして庇った。その後ろは賽銭箱であり、神社の拝殿だ。逃げ場がない。

ナイフを取り出した浜上が何事か叫ぶと走り出したが、それ以上疾走することはできなかった。彼の体は、地上から一メートル近い高さで、宙吊りにされたのだ。

「ぐうぅ！」

浜上の首の後ろに食い込んでいるのは、長い五指。今にも首をへし折らんばかりに片手で掴み上げているのは、絢緒だ。

「生憎（あいにく）、喧嘩は不得手ですが、殺生（せっしょう）は好きな性分です」

微笑む助手の瞳が、縦に引き絞られている。ますます大きく喘ぐ浜上が、ナイフを取り落とした。目を大きく剥き、怪我にも構わず、両手で首を掻き毟る。海老のように体を反ったり丸めたりしては、終始両足をバタつかせていた。その分、体重と重力で首が絞まるだけで、土気色になった顔が、ますます歪んでいく。

「絢緒、駄目だ！」

神奈は声を張り上げた。

「それ以上はやめろ！」

「承知しています」

素直に承諾した助手が、ぱっと手を広げる。途端、重力に従って、浜上は固い石畳に落とされた。両足で何とか着地できたものの、踏ん張れるはずもない。尻餅をつくと、背中から倒れ込む。背中を丸めて蹲り、嘔吐する勢いで咳き込んでいる。息を吸うたびに、気管を通り抜ける濁った音が聞こえた。

安堵のあまり、神奈は細い息を吐き出す。隣の威吹まで溜息を吐き出し、果てはその場にしゃがみ込んでいた。超怖ぇ、とまで呟いている。

風貌と雰囲気のせいか、陣郎の方が粗暴だと誤解されやすいが、実は容赦がないのは、もう一人の助手の方だ。

絢緒の正体は竜生九子の一頭、睚眦(がいし)。竜が産みの親だが、竜にはなれなかった九頭の子は、それぞれ姿も性格も違う。中でも睚眦は獰猛で、争いや殺戮(さつりく)を好む。その性質ゆえ、睚眦の意匠は古代中国において、皇帝が武器の装飾や軍旗に用いたり、戦に挑む船の舳先(へさき)に飾ることがあった。また、厄災を食らい尽くすとして魔除けにもされたという。

浜上は必死に呼吸を整えながら、殺意を滾(たぎ)らせた目でこちらを睨み付けていた。それを見返しながら、それで、と神奈は口を開く。

「浜上さんは、さっき周東さんのためだと言っていましたが、彼女に頼まれて、威吹君を刺したんですか?」

「そんなこと、わたし、頼んでない！　頼むはずないでしょう⁉　わたしを守ろうとしてくれたのは、小坂くんなんだから！」

「さすが、周東！　柳屋、俺を殺した男の話なんか聞くなよ！」

周東が後ろから神奈の肩を揺さぶっては、必死に訴える。威吹の主張もあって、挟まれた神奈の鼓膜は破れそうだ。

「ああ、未散がそんなことを言うはずがねぇ」

唸るような声で浜上が同意する。呼吸は落ち着いているものの、ここに来る前から既に満身創痍だった上に散々抵抗した疲労で、石畳から起き上がれないらしい。億劫そうに上げた顔には、嘲笑と恍惚で澱んだ目が嵌め込まれていた。

「綺麗な未散。可愛い未散。頭も良くて、正しくて、優しい未散。そんな未散が、誰かを傷付けたいなんて思うかよ。でも、そんな未散が絵馬を掛けた。神サマに縋りたいくらい、追い詰められたってことだ！」

激高した浜上は、吐き捨てるように吼えた。絵馬の単語で、びくり、と威吹が肩を震わせたのが、神奈には視えた。

「絵馬って、何……？　わたし、知らない……」

肩を震わせる未散が声を絞り出す。彼女の否定が届いているのか、いないのか、浜上はたっぷりと憐憫を込めた目で、周東を見つめた。

「大丈夫だ、未散ぅ。お前がどんなに汚い感情を持っていたって、ずうぅっと見守って来たこの俺だけは、ちゃぁーんと分かっている。だから、すぐに気付いた。あの男、小坂威吹に、付き纏われているって。不憫で可哀想な未散。弱みでも握られたのかも知れない。そうじゃなきゃ、あんな糞野郎が未散のそばにいるはずがねぇ。あんな男が釣り合う訳がねぇんだからな」

「だから、わたしは……！」

「そして、周東さんが書いた絵馬で確信したんですね」

周東を後ろ手に牽制し、代わりに神奈が浜上に相槌を打った。何か言いたそうな威吹は、視線で黙らせる。

皮肉なことに、浜上から守ろうとする威吹の存在が、浜上の妄想に拍車をかけ、更にストーカー行為をエスカレートさせたらしい。威吹に対する、浜上の嫉妬や羨望もあっただろう。

浜上の中の周東未散は、純真無垢で穢れとは縁遠い存在だ。さながら女神の如く、絶対唯一なのだ。そんな彼女の隣にいる小坂威吹は、許し難い害虫だったに違いない。

もし、と神奈は思う。もし、浜上順太が呪いを真に受け、縁切神社を信じていたなら、小坂威吹の死を願う絵馬を掛けていたのは、彼だったのかも知れない。

「この神社の柱に、威吹君を刺したナイフを刺したのは、浜上さんですね。周東さんに、自分が成し遂げたと伝えるために」

神奈がすぐそばの柱を指差すと、そうだ、と浜上の声が肯定する。

「小坂威吹を殺したのは神サマなんかじゃねぇ、俺だ。未散のお願いを叶えたのは、俺だけだ。未散なら分かってくれる」

「ボクには分かりません。冤罪を救った彼女のために、何故そこまでします？」

「それから、小坂威吹さんの従兄妹という理由で、彼女を襲った理由も是非、お伺いしたいですね」

絢緒が、石畳に倒れ込んだままの浜上を冷たく見下ろす。返答次第では、今度は浜上の脳天に足を振り下ろしそうだ。

「周東未散さんと初めて会ったのは、万引きの濡れ衣を着せられた時でしょう。もしかして、その時もそれ以降も、まともに話さえしていないのではありませんか」

「俺は未散と話して良い人間じゃねぇよ」

そんなことも分からないか、と浜上は、尋ねた絢緒を鼻で笑った。

「アンタみたいな奴には、絶対に分からねぇよ、分かって欲しくもねぇな。クズでバカで、どうしようもない俺からすれば、未散は奇跡だ。あの時、赤の他人なのに、濡れ衣を着せられた俺を助けてくれた。だったら、こんな俺でもできることで、恩を返さなきゃ。どんな内容だって、未散のお願いなら絶対だ。未散が誰かに助けを求めるなら、俺がそれに応える。それだけだ」

彼の動機はある意味、周東への崇拝にも似た、ある意味、純粋な想いなのだろう、と神奈は思った。しかし、行動が明らかに間違っている。

はあ、と浜上は痩せた頰を桃色に染めて、恍惚とした溜息を吐き出した。

「未散からの、俺だけへのメッセージ。あの男じゃない。俺の、俺だけの、未散だ。未散ぅ、未散ぅ」

「い、いや……！」

熱に浮かされた粘付く声に、周東の顔から血の気が引く。下がろうとして、拝殿の階段に蹴躓き、その場に尻餅をついた。自分に恐怖する姿でも、視界に入れるのが嬉しいのか、浜上は口角を持ち上げ、周東への称賛を譫言のように呟く。脚と手を必死に動かし、地面を這うようにして、彼女に縋ろうとしていた。濁った目に映るのは、彼の女神だけだ。

哀れなほど美しい顔を怯えさせた周東は、震える体に鞭打って、何とか距離を取ろうとしている。

そこに、冷たい疾風が吹き込んだ。

「それ以上、近寄んな！」

小坂威吹だ。彼は浜上の前に躍り出ると、両手を広げて立ち塞がった。

「周東が迷惑しているって、分からねーのかよ！　やめろよ！」

死者である彼が叫んだところで、見鬼でもない人間に、彼の声は聞こえない。案の定、浜上はあっさりとすり抜けてしまう。大きく舌打ちした威吹は浜上に向かって、憤怒(ふんぬ)の喝破(かつぱ)を叩き付けた。

「好い加減に、しろ！」

「ちょ……！」

止める間もなかった。威吹の叱責がぐらぐらと脳味噌を揺さぶり、神奈は頭を抱えて膝に手を突く。絢緒が駆け付ける気配がした。同じく霊障にあたった周東も、賽銭箱の脇に凭(もた)れて気絶してしまった。

「ぐ、ぇぇ……！」

立ち上がろうと四つん這いになった浜上が、嗚咽と共に胃の中をぶち撒けた。苦く酸っぱい臭いが鼻を突く。

「くっそ、何で……！」

血を吐くように、威吹が叫んだ。

「何でアンタみたいなのが生きているんだよ⁉　何でオレを殺した⁉　どうして周東を、最後まで守らせてくれなかったんだ⁉」

「威吹君、そこまでだ」

額を押さえ、顔を強張らせたまま、神奈が制止の声を投げる。浜上の惨状を目の前にして、威吹が我に返った。途方に暮れたような顔でこちらを振り返ると、横たわる周東に気付いて慌てて走り寄る。

「周東！」

「二人共、君の波長にやられただけさ。すぐに回復する」

というか、して欲しい、と神奈は自分の体調への願望を心中で付け足し、短い溜息を吐き出す。まるで錐で突き刺されたように頭が痛んだ。何の影響もないのか、心配そうに肩を支えて来る絢緒が羨ましい。

「周東、大丈夫か？　ごめんな、周東」

威吹は意識がないと分かっていながら、周東の目の高さに合わせてしゃがみ込む。彼女の肩に触ろうとするものの、触れないことを思い出して手を彷徨わせ、結局、力なく腕を下ろした。

せめて、と神奈は思うが、周東は目を覚まさない。起きたところで、彼女が威吹を視ることはない。そう分かってはいても、雪一片ほどの想いが神奈の心を掠めるのだ。

「柳屋から聞いた。オレが死んだことで、自分を責めていたって。ごめんな」

本当にごめん、と威吹は繰り返し、小さく頭を下げた。

「頼られたからには最後まで、周東を守りたかった。初めてちゃんと、す、好きになった女の子だから。初めは何でもできて凄い子だって思っていたけど、一緒にいて、色々気付いた。最後の方はストーカーよりそれが心配で、オレ、何とかしようとしたんだけど」

唇を噛み締めた彼は、でも、と湿った声を振り絞った後、何とか笑みらしいものを浮かべる。赤くした目が、彼女を恋しいと語っていた。

「死んじゃった。オレ、死んじゃったよ。守るって約束、果たせなかった。死んでからも、周東が心配で仕方なかった。それがオレの心残りだった」

それで、あの公園にいたのだ。生前、彼女を待っていたあの公園に。

独白のように、威吹はぽつりぽつりと続ける。

「だけど、そうやって誰かを心配させているのは、オレも同じなんだ。死んでから、初めて知った」

ふと、絢緒が顔を上げた。浮かれていた御神使達が怯えたように身を寄せ合っているのが、神奈には視えた。

夜陰の中から白が滲み出す。それが段々大きくなり、ぼんやりとした灯りを形作る。提灯だ。丸い吊り提灯が神奈の頭ほどの高さでふわふわと浮いている。

その後ろには、死人のような顔色の喪服の男。未踏の初雪のような髪を後ろに流し、露わになった額には、小指ほどの大きさの皮膚が張り出している。二つの角を持った獄卒だ。

威吹を迎えに来たのだ。

「周東のことは気になるけど、いつまでもこの世でうろつくのは、俺を心配する人達の気持ちを無駄にする。だからオレ、あっちに行くよ」

周東の淡雪のような頬を、そっとひと撫でして、威吹は立ち上がった。

彼が振り返ったところで、感動のエンディングを迎える。はずだったのが、浮かぶ吊り提灯と角の生えた男に間抜けなほど驚いたせいで、見事に台無しである。

「ど、どちら様ですか⁉」

「ああ、ボクに依頼した地獄の中間管理職、獄卒の黒丸（くろまる）だよ。君を迎えに来たんだ」

「如何にも」

神奈がそう紹介すると、喪服の男は愛想どころか表情もなく、一言肯定するだけ。

ど、どうも、と威吹は愛想笑いのようなものを浮かべた後、神奈に近付くと、遠慮がちに肩をつついた。

「あ、あのさ、柳屋。オレ、あの世に逝く気はあるんだけど、できればその前に、謝りたい人達が、結構いるんだけど」

部活の仲間達や母親のことだろう。おずおずと切り出した威吹は、頻（しき）りに首の後ろを掻いた後、やっぱ駄目かな、としゅんとして肩を落とした。

しっかり聞こえていた黒丸が神奈を見る。無表情な分、こちらは詰問されている気分だ。

「柳屋。吾（われ）は死者の未練を解決しろとは言ったが、未練を掏り替えろとは言っていない」

「そう言われてもさぁ」

「なら、わしらが手を貸そう」

どうしたものか、と神奈が思考しかけたが、最近聞き慣れた声が中断させた。視れば、腕を組み仁王立ちした鳩の方だ。その後ろには、彼女の着物の裾を掴んで、おどおどしている狐の方もいる。

「こ、今度は誰⁉」

「ああ、ここの神様のお遣いさ。それでお二方、手を貸すというのは？」

驚いて声を引っ繰り返す威吹をよそに、神奈が尋ねた。たっぷりした腹を揺らして、へどもどする狐の方が何とか答える。

「は、はい。まだ、全快とはいきませんが、倉稲魂命様が快復されまして、やな、柳屋さんに、よくよくお礼をするよう、おっしゃったのです」

「此奴だけでは心許なかろう。わしも手伝うことにしたのだ。話を聞くに、そこの人の子に、力を貸してやれば良いのだな？」

ええ、まあ、と神奈は躊躇いがちに頷いた。

「ボクとしては有り難い申し出ですが、本当に良いんですか？」

「わしに二言はない。その代わり、柳屋。そなた達の住まいを壊した件は、これで帳消しにしろ」

何とも高飛車な鳩の方の言い草だが、要は弁償代わりらしい。神奈としては、既に落着したつもりだっただけに、思わず虚を突かれた顔になってしまった。

思い起こせば、この鳩の御神使、多田八幡宮近くで火事があった時、近所の幼稚園の園児を心配していたくらいだ。子供好きなのだろう。死んで彷徨う威吹を、哀れに思ったのかも知れない。あの世へ旅立つ彼の胸の内が軽くなるなら、神奈に断る理由はなかった。

海月が深海を揺蕩うように、吊り提灯が電灯も届かない夜の闇へと漂い出す。それを先導にして歩き出す黒丸の後に、威吹が続いた。途中、彼は立ち止まって振り返ると、じゃあな、と神奈に向かって右手を大きく上げる。

「色々有り難うな、柳屋。それと、周東を頼む」

そして、吊り提灯の灯りが段々と小さくなるにつれて、ピーコートの背中も闇夜に薄まり、やがて消えてしまった。

早速行動を始めたらしい御神使達の姿も視えない。

風もない夜。境内には、悴むような冬の静けさが落ちる。

時折、気絶した男達の痛みに唸る声が聞こえるだけだ。そこに、身悶えするような声が重なった。

「未散ぅ、未散ぅ、みちるぅうう」

浜上が持ち直したらしい。彼は気絶した周東を視界に入れるや、肘を交互に前へと繰り出し、足裏で地面を蹴っては、匍匐前進の格好で突き進もうとする。文字通り、這ってでも縋り寄ろうとするとは、凄まじい執念だ。

舌打ちした神奈が横たわる周東の前に立ち、浜上の視界から隠すと、彼の顔は瞬く間に憤怒に染まった。目を尖らせて唾を飛ばし、訳の分からないことを吠え立てる。手の怪我もあるのに、何とか四肢に力を入れて立ち上がろうとしていた。

「いやかましい」

が、彼の脳天に振り下ろされた陣郎の拳が、その場に撃沈させた。浜上は、今度こそ気を失ったらしい。

陣郎は手にしていた黄と黒のロープ——駐車場に張られている進入禁止の目印——で縛り上げようとする。姿が見えないと思ったら、男達を片付けつつ、これを探しに行っていたらしい。

「陣郎、その人のポケットを探って。多分、持っているはずなんだ」

神奈の指示で、陣郎が浜上のブルゾンに手を突っ込んだ。しかし、吐瀉物(としゃぶつ)まみれで四苦八苦しているらしい。見かねた絢緒がロープを受け取り、手を貸す。

出来上がったのは、何故か、それは見事な亀甲縛りをされた浜上だった。

ただでさえ面倒臭いというのに、その上、彼が何かに目覚めたら、一体どうしてくれるのだ。

冷めた目で見つつ、神奈はスマホを取り出した。

「……ん……」

「ああ、お目覚めかな、周東さん」

電話のアイコンを叩こうとした手を止め、神奈はスマホを仕舞う。どうやら出直す手間が省けそうだ。

ぼんやりした様子の周東が、長い睫毛を二度、三度と瞬かせる。漸く意識が覚醒したのか、慌てて立ち上がると、ダッフルコートのポケットから、わたわたとスマホを引っ張り出した。

「け、警察！　警察を呼ばないと……！」

「ああ、そういう猿芝居はいらないよ」

コンビニで箸を遠慮するように、神奈は顔の前で手を振った。

「小坂威吹君を殺すよう、浜上順太さんを唆したのは、君だよね」

「え。え……？」

目を剥く彼女の近くから離れ、神奈は絢緒から探し当てたものを受け取ると、軽く持ち上げて見せる。二体の絵馬だった。

「……それ……」

「君に執着する浜上さんなら、肌身離さず持っていると思ったんだ」

一字一字が美しくも規則正しい文字の羅列は、書き手を表すようだ。しかし、その内容は、何とも物騒だった。

『小坂威吹が　死にますように』

『小坂威吹のいとこが　死にますように』

　音だけでは、いとこの漢字は分からなかったのだろう。見覚えのある字は、威吹に貸したままなのだと、周東から返却を頼まれたノートと同じ筆跡だった。

「周東さん、君は浜上さんの言った通り、絵馬を掛けたんだ。君の筆跡は知っているよ。ちなみに、ボクが『小坂威吹の従兄妹（いとこ）』を名乗ったのは、彼の所属していたサッカー部と、周東さん達だけなのさ」

　神奈が襲われた時、浜上は言っていたのだ。『小坂威吹のいとこ』である神奈に、『お前だけは殺す』と。

「サッカー部には、ボクの連れも、『小坂威吹の従兄妹』として挨拶しているんだよ。でも、浜上さんが殺そうとしたのは、ボクだけだった」

　スマホの画面を叩こうとしていた周東が、吐息を一つ零してポケットに戻した。先刻の助手達の大立ち回りを目にしているだけに、逃げる気はないらしい。

「あなた、本当は何なの？　小坂くんの身内じゃないでしょ」

　艶やかな後ろ髪を掻きやる動作が、何とも板に付いている。怯えの表情は綺麗に消え失せ、哀れな美少女の下から出て来たのは、それはそれは綺麗に笑う女の顔だ。細めた目の奥から、氷のような敵意を向けて来る。

　ご名答、と神奈は軽妙に答えた。羽織の裾を捌いて、恭しくお辞儀する。

「申し遅れまして、死んだ人間の心残りを解消する成仏屋、柳屋です。拝み屋、みたいなものかな。獄卒からの依頼により、小坂威吹君の成仏のために参上した次第さ。威吹君は無事向こうに見送れたけど、始末はつけさせて頂くよ」

　不可解そうな顔をした周東だったが、威吹の名前を出した途端、ぐっと眉根を寄せた。

「知っていると思うけど、わたし、ピアノの練習で忙しいの。あなたに付き合うほど、暇じゃないわ」

「あ、苦情なら、ボク達だって言いたいんだからね」

　腕を組んだ神奈が、不服そうに口を尖らせた。

「浜上さんが自己顕示欲丸出しで柱に刺したナイフ、あれを本殿の下に投げ込んで隠したのも君だろう？　お陰で家に石を投げ込まれるわ、寝不足だわ。全く散々だよ」

「は、はぁ？　あなた、何を言っているの？」

　前半についてか、後半についてか、周東は困惑している。そんな彼女を歯牙にもかけず、とにかく、と神奈は仕切り直した。

「ボク達も寒いし、さくさく話を進めようか。まずは犯人、浜上順太さんについて。ねっちょりしたさっきの告白で、周東さんへのストーカー行為は明らかだ」

「ちょっと……！」

自分の名前が出たことで、周東は帰るタイミングを逃してしまった。出かかった文句をへの字にした唇で押しとどめ、不満一杯の顔ながら、仕方なさそうにその場に留まる。

「切っ掛けは、浜上さんの万引き冤罪だ。ドラッグストアに確認したところ、彼が万引きしようとしたのは、薄いピンク色のマニキュアだって。君が塗っているような、ね。そんなの、彼が買うかな」

神奈があられもない姿の浜上を一瞥する。ぐったりしている彼は暗い色だらけの格好だ。女装趣味でも隠しているなら話は別だが、そんな風には見受けられない。

「ボクの憶測だけど、万引きしていたのは、君じゃないかな。女性の手に収まるくらいのボトルなら、鞄に放り込むのなんて造作もない。面白半分なのか、ヒーロー願望なのか、君が浜上さんを万引き犯にでっち上げて、救ってみせた」

「本当にあなたの憶測ね。証拠がないわ」

「防犯カメラ、確かめてみる？」

神奈が悪戯っぽく笑うと、周東は自分の指先を握り込んだ。後ろ手に隠すのは、矜持が許さないらしい。

「ま、今は本題に戻ろうか。それを切っ掛けに、浜上さんは君に執着し始めた」

あっさり引き下がった神奈は、話を続ける。

「初めは君も、本当に悩んでいたんだろう。それに気付いた威吹君が、警護を買って出た。ところが、彼はそのうち、気付いてしまった。最近頻発している放火の犯人が、君だってことに」

羽織の裾を払い、神奈がコートのポケットから、一体の絵馬を取り出した。角張った字が並んだ板。

『火事がなくなりますように』

火をつける周東を止めようと、威吹が書いた絵馬だ。

スーパーの駐車場で神奈達に火事を知らせ、神奈から逃げた彼は、哀れなほど狼狽えていた。誰にも言えずに死んだ彼には、尚更、この絵馬が頼みの綱だったはずだ。

神奈が絵馬の効果はないと告げた時、威吹が泣き笑いをしたのは、新田の絵馬が成就しないことに安堵し、同時に、放火は収まらないことに落胆したからだ。

威吹は真実を話さなかった。その代わりに誤魔化しもしなかった。ひたすら口を閉ざしたところに、真っ直ぐな彼の葛藤を伺い知ることができる。ただただ、苦しかっただろう。

「周東さんは、子供が嫌いらしいね。殆(ほとん)どの放火場所の近くに、子供の集まる場所がある」

「騒がしい音って、苦手なの」

神奈の指摘に、周東は煩(わずら)わしそうに大きな嘆息を返した。威吹の絵馬を目の前にして、悪びれる様子もない。放火の証拠はないと、高を括っているようだ。

「ピアノを弾くにしても、うるさくて気が散るし。言っておくけど、最初から死人を出すつもりはないの。火をつける場所も選んでるし、実際、誰も死んでいないでしょ。単なるストレス発散。文字通り、ちょっとした火遊びよ」

当人はそう正当付けるが、放火に怯える方は堪ったものではない。

陣郎が、忌々しそうに鋭く舌打ちするのが聞こえた。

「人知れず悩み、練習不足もあって、威吹君はレギュラー落ち。ますます誰にも相談できず、新田君に八つ当たりしていた彼に、絵馬を掛けて呪うよう勧めたのは君だね。彼はその類（たぐい）を信じて実行するタイプじゃない。他ならぬ君の言葉だから、絵馬を掛けた」

「それは小坂くんの意思でしょう」

わたしは提案しただけよ、と周東は薄い笑みを唇に浮かべ、やんわりと否定した。

そんな彼女の言葉を聞き入れてしまったばかりに、威吹は死んでも罪悪感に苦しむことになった。呪った相手である新田は何も知らないのに、謝りたいと項垂れていた姿を、神奈は忘れない。

「新田君を呪った絵馬を掛けた後、威吹君はこの絵馬を掛けた。その後、放火をやめさせようと君を説得して、君に利用された浜上さんに刺された」

神奈は彼女の足元に、二体の絵馬を放り投げる。彼女が小坂威吹と彼の従兄妹を呪った、否、浜上への依頼内容を書いた絵馬だ。

「浜上さんにボクを襲わせたのは、ボクが、縁切神社について聞いたことが理由かな」

威吹の身内としての親密さを神奈に聞いて来た時、周東は既に警戒していたのだ。そして、自称威吹の従兄妹の口から縁切神社の単語が出たことで、浜上の手で始末させる決心をした。手を下すのは自分ではない。そんな気楽さもあったに違いない。

「君は、浜上さんの執着を知っていた。それを理由に彼が行動する確信もあった。ご丁寧に、祈願という絵馬の演出までして、彼が崇拝する君自身を利用した。縁切神社なら、似たような内容がぶら下がっている。筆跡に覚えがなきゃ、誰が書いたか分からない」

神奈は絵馬掛けを目で示してから、無感動に周東に視線を戻した。

「君、威吹君の好意に気付いていただろう。学校やピアノ教室の帰り、それから深夜にも、公園で逢っていたくらいなんだから。そして威吹君が刺されたあの日も、ピアノ教室の後、浜上さんが狙いやすい時間になるのを見計らっていた」

死んだ威吹がいた公園は、彼女との逢瀬（おうせ）の場だ。

どんなに望んだところで、誰とも話せない、誰にも触れられない死者。それでも彼女なら、と威吹は根拠のない理想を抱いていたのではない。完璧な周東の秘密を知っているからこそ、彼女を案じて、あの公園に一人、生前と同じく待っていたのだ。

柳屋との初対面で、自分の個人情報に挙動不審だったのは、凶行に及ぶ周東を隠すため、否、守ろうとするためだ。

「柳屋さん、だったかしら？」

瑞々しい桃色の唇に指を添え、周東が小首を傾げた。彼女の整った顔を酷薄な微笑みが彩る。

「あなたは頻りに小坂くんの肩を持つけど、他人の秘密を知った人間なんて、浅はかよ。わたしのことを知った彼が、悪用するとは思わないの？」

「浅はかはどっちだ。彼を君の性根と一緒にしないで欲しいな」

呆れた顔で、神奈はばっさりと切り捨てた。

「容姿端麗、頭脳明晰、正義感に溢れて、おまけに優しい周東未散さん。周りの期待や羨望は、さぞ厚くて重いだろうね。ストレスから来る万引きや放火も、分からなくはない。実行は無理だけど」

「分かったような口をきくのね」

綺麗な弧を描いた周東の唇から、毒を含んだ棘のような声が漏れる。

「それとも同情かしら？　あなた如きにそんなものをされるなんて、屈辱よ。わたしは今まで、血反吐を吐くような思いで努力して来たの。周りが望む通りのわたしで、応えてあげた。万引きや放火くらい、何だって言うの。それくらい許されても良いはずだわ。ほんの出来心程度のことで、わたしが今まで築いて来た経歴や評価に傷が付くなんて、割に合わないでしょ」

「やっぱり、それが本音か」

神奈は吐き捨てるように続ける。

「ボクはそんな君を理解できないし、したくもない。でも威吹君だけは、君を心配していたんだ。死んだ後も」

どうだか、と演技臭くも肩を竦める周東に、信じた様子はない。それに対して、神奈がわざとらしく嘆息してみせる。

「白壁の微瑕に気付いた威吹君を、君は許せなかっただけだ。威吹君は君の秘密を、文字通り墓場まで持って行くつもりだったのに。君は、哀れだね」

瞬く間に、周東の花のような微笑みが凍り付いた。艶やかな唇を僅かに戦慄かせたかと思うと、軋む音が聞こえそうなほどに歯を食いしばった。憤怒と憎悪を燃え滾らせた目で、神奈を睨め付ける。

万引きと放火の露見とそれを知る威吹の存在は、彼女の矜持をじわりじわりと追い詰めた。そして今、神奈の憐憫が、彼女の自尊心に傷を付けたのだ。

「あなた、さっき言ったわよね。小坂くんを殺すよう唆したのは、わたしだって」

言いがかりも甚だしい、とそれでも美しい周東は言い放つ。

「確かに、わたしは絵馬を書いて、掛けた。でも、それだけ。犯罪でさえない。そこの浜上って人が絵馬の内容を本気にして、勝手に威吹君を刺したの。わたしは無関係よ」

おい、と陣郎が低い声を出すが、絢緒が牽制する。だが、周東はそんな二人の様子を意に介さず、だって、と傲岸不遜な笑みを秀麗な顔一杯に広げた。

「縁切神社に絵馬を掛けたら、必ず人が死ぬの？　そんな呪いがあったら、ここにある絵馬の分だけ、人が死んでいるわ。世の中、死人と殺人犯だらけよ。わたしが絵馬を掛けたことが原因で、小坂くんは死んだの？　違うでしょ？　浜上っていう人が刺したの。絵馬に祈願した人の名前がある訳でもないのに、わたしが唆したという証拠はないわ」

周東を慕っている人間全てが、彼女自らの『お願い』を必ず聞き入れるとは限らない。思いの丈を量る術はないのだ。ましてその『お願い』が、人を傷付け、命を奪うものなら、尚更だ。

「それから、一つ訂正してあげる」

何とも愉しそうに、周東は含み笑いを漏らした。

「あなたについての絵馬を掛けたのは、縁切神社のことを聞かれたからじゃない。あなたが気に食わなかったからよ。身内を殺されて可哀想なあなたを、折角このわたしが同情して、優しい言葉までかけてあげたのに、全く有り難がらない。わたしのせいだって、泣いて謝ってあげたのに、慰めるどころか説教するなんて、あなた、最悪よ。信じられない」

「馬鹿馬鹿しい」

剃刀(かみそり)のような冷たさで、神奈は一蹴した。

「どれもこれも、可愛い自分のためか。反吐が出る、とは、正にこのことだ」

「何ですって？」

「威吹君の頼みだから、穏便に済まそうと思ったけど、無駄だな。周東未散さん」

翠眉を跳ね上げた周東だったが、出し抜けに名前を呼ばれて押し黙った。

「その傲慢さに敬意を表して、君に良いことを教えてあげよう。実は威吹君、君以外にも絵馬を掛けられていたんだ」

見せたのは、絢緒が縁切神社を初めて訪れた時に見付けた絵馬だ。

『小坂威吹が　死にますように』

周東とはまた違う、丸みを帯びた女の子らしい、しかしどことなく硬い印象の字が並んでいる。

あら、と顎に手を当てて首を傾げる周東は、いつもの美しい少女の様子だった。

「小坂くんは、誰かの恨みを買っていたのかしら？」

「ボクもそれが疑問だった。だけど、同じ筆跡の絵馬を探し出したら、謎が解けた。絢緒」

「はい」

先に投げ出された二体の周東の絵馬の上に、助手は持っていた風呂敷を広げた。石畳の上に硬い音を響かせ、ぶち撒けられたのは、絵馬だ。それも、十や二十では足りない。大量の絵馬だった。

「締めて四十七体です。初午の日に御焚き上げしてしまったので、実際はもっとあったと思われますが」

周東は気味が悪そうに顔を顰め、体を捻って後退った。

丸っこくて固い字体、同じ筆跡の板は全て、たった一人を呪うためだけの絵馬だ。簡潔な呪詛の言葉に、純粋ささえ感じられる。

少しも動じることなく、神奈は掌を広げ、絵馬の山を示した。

「さっきの威吹君を呪った絵馬は、このうちの一体さ。呪われた相手は、指を使うことが得意で、見目麗しく、皆に好かれていて、威吹君とも親しかった。君を呪ったんだ、周東未散さん」

「え……？」

え、と再び呟いた周東は、口が半開きのままだ。ごっそりと表情を失った顔で、足元で裾野を広げる山を凝視する。

絵馬が二、三体、折り重なってできた山から滑り落ちた。

「小坂威吹君は親しかったサッカー部にさえ、君のことを話していない。そして君も内緒にしていた」

さて、問題です、と番組の司会者のような口調で、神奈が人差し指を立てる。

「君と小坂くんの関係を浜上以外で唯一知っているのは、一体誰でしょう？」

周東は瞬きもしない。大きく見張った目は血走り、小刻みに揺れる瞳孔は、必死に思考を巡らせている。いや、思い当たった人物を一心不乱に打ち消している。噛み締めた唇は、口を開けば晒してしまいそうな醜態を堪えているようだった。

「答えられないようなので、ここでヒントです。君、もしかしてその人から、縁切神社について、教わったんじゃない？」

神奈のヒントは、最早正解も同然だった。奈落の底を前にしたように、周東は体の奥から来る震えを止められないらしい。自制もできずに、ガタガタと震えている。

「な、あ、なぎ、さちゃ……」

「呼んだ？　未散」

短い悲鳴を上げて、周東が顔を上げた。今しがた鎮守の杜から出て来た様子で、ツインテールを垂らしたダッフルコート姿の瀬川凪沙が立っていた。狐に化かされたような顔をしていた彼女だが、親友の姿を認めると、嬉しそうに走り寄って来る。

「未散ったら、探したのよ！　小坂のいとこも、こんなところで、何をしているの？」

人除けの結界が解け、瀬川の目には、突然神社が現れ、そこに周東がいるように見えるのだろう。親友を目の前にして、腰に手を当てた瀬川はぷりぷりと怒る。

「一人でいちゃ危ない、ってあたし、未散に言ったじゃない！　心配させないでよ！」

「な、凪沙、ちゃん」

　突き抜けたソプラノがキンキンと辺りに反響した。いつもの笑顔を強張らせた周東が、震える声で親友の名前を呼んだ。蒼褪めているのは、きっと寒さのせいではない。

「凪沙ちゃん、なの？　わたしを呪う、絵馬を掛けたの。凪沙ちゃんが……？」

「何を言っているのよ、未散」

　心底不思議そうな声に、周東は安堵の息を吐く。そんな彼女を見て、瀬川は三日月のように目を細めた。

「絵馬だけじゃないわよ」

「……は……？」

「だから、絵馬だけじゃないってば。ああ、これ。あたしが書いた絵馬じゃないの」

　愕然とする周東は、溜息のような一音を漏らした後、それ以上の声が出ない。大きな目が更に見開かれ、今にもごろり、と落ちそうだ。彼女の足元の山に気付いた瀬川は、しゃがみ込んで絵馬を手に取ると、あからさまにガックリと肩を落とす。唇を突き出す様は拗ねた子供のようだった。

「残念、バレちゃったのね。これじゃあ、また最初からやり直しよ。折角、髪まで切って頑張ったのに。本人に知られちゃったんじゃ、仕方ないけど」

「ああ、あなたでしたか」

　絢緒が思い出したような声を上げた。

「つい最近も、髪の毛の束が桐の箱に入れられて、拝殿に置かれてあったと聞きました。年齢から考えて、昔の件は違うようですが」

「あんた、誰？　小坂のいとこの知り合い？　良く知っているのね」

　目を丸くする瀬川は立ち上がり、ツインテールの端をそれぞれ両手で掴むと、するり、と引き抜いた。石畳の上に打ち捨てられた二つの髪の束が、まるで蜷局（とぐろ）を巻く蛇のようだ。

　ちょっと恥ずかしい、と照れた瀬川の髪は、ショートカットより少し長いくらいだろうか。おくれ毛が気になるのか、首の後ろを盛んに撫で付けている。

「凪沙ちゃん、その髪……！」

「ウィッグだよ。最近のやつって凄いよねぇ」

「何で、そんなこと……」

　周東も気付いてなかったらしい。唖然とする親友に向かって、瀬川は微笑ましそうに目元と頬を緩めた。

「あたしのおばあちゃんから、方法を聞いたの。おばあちゃんはね、おじいちゃんが大好きで、神様にずっとお願いしていたんだって。振り向いて欲しい、好きになって欲しいって、絵馬をたぁーっくさん掛けて、綺麗な黒髪も切って神社に奉納したの。あたしのお母さんがお腹の中にいる時に、おじいちゃんは死んじゃったけど、おばあちゃんは今でも、おじいちゃんが大好きなんだって」

だからね、と瀬川は三日月のように目を細めて続ける。

「わたしも、神様にお願いごとを聞いてもらおうと思って、髪の毛を捧げちゃった。でも、いきなり短くなったら皆不自然に思うし、勘付くかも知れないから、隠していたの。神様にお願いしたことがバレたら、効果がなくなっちゃうもん」

その甲斐あって、叶えてもらえそうよ、と瀬川は、小さな子供のように、その場で小さく飛び跳ねた。

「喜んでいるところ、申し訳ない。瀬川さん、教えて欲しいんです」

神奈が礼儀正しくも、小さく挙手する。何よ、と水を差された瀬川は、不満顔で振り向いた。

「全ての絵馬は、周東未散さん個人に関係しているのに、どうして、小坂威吹君を呪う絵馬まで掛けたんですか？」

「だってあいつ、小坂の分際で、未散を好きになりやがったのよ！」

バッカじゃないの⁉　と瀬川は吐き捨てた。その顔は威吹に対する侮蔑（ぶべつ）で染まっていた。

「ストーカーから未散を守ろうとしたのは、まだ許せた。一丁前にナイト気取りだったのには笑っちゃったくらいよ。だけど、未散と連絡を取り合ったり、こっそり話し合ったりし始めて、目障りになった。あいつの頭の中が未散だらけだと思ったら、虫唾が走ったわ。身のほどを知らない、サッカー狂いの脳味噌筋肉野郎なんか、未散が相手にする訳がないのに！」

そこで小さく溜息を吐いた神奈は、何とも言えずに天を仰いだ。

瀬川の登場が、威吹を見送った後で良かった、とつくづく思う。己の恋心が想い人の親友に露見していた上、死後になって想い人の前で、聞くに耐えないほど、罵倒されているのだ。居たたまれない。

後半だけを聞けば、瀬川が威吹に横恋慕していたか、交際相手を周東に奪われたような台詞だが、瀬川の想いの先にいるのは、親友の周東未散だ。瀬川が威吹に抱いていたのは、ある種の嫉妬なのかも知れない。

「それに、あんまり小坂が未散にくっついていたら、未散がストレスを発散できなくなるじゃない」

「それは、周東さんの悪癖のことかな」

すかさず神奈が盗癖や放火癖を暗に示すと、瀬川は驚いたように目を丸めた。

「何よ、小坂のいとこは、そんなことまで知っているのね」

「……な、ぎ……？」

周東には最早、親友の名前を呼ぶ余裕もない。これ以上にないほど大きく見張った目には、驚愕しか浮かんでいない。そんな彼女の肩を掴み、瀬川は安心させるように満面の笑みを見せた。

「あたしは周東未散の親友よ。大丈夫、誰にも言わないわ。親友だからこそ、万引きも放火も知っているのよ。ストーカーの名前も、ストーカーされ始めた切っ掛けもね」

しかし親友を名乗る瀬川も、威吹が自分と同様、周東の盗癖や放火癖を知っていたとは、夢にも思っていないだろう。もしそうなら、威吹に対する瀬川の悪態は、あの程度では済まされなかっただろう。嫉妬の炎は、更に猛り狂っていたに違いない。

瀬川の台詞は、周東を狼狽させるには十分だった。美しい少女の顔からは血の気が失せ、まるで死者のようだ。歯と歯がガチガチとぶつかり合う音が、彼女から聞こえた。

神奈は初めて二人に会った時を思い出す。浜上を万引きの冤罪から助けたことを、瀬川が知っていたことに、周東は酷く驚いていた。あれは照れ隠しなどではなく、本当に動揺していたのだ。

「瀬川さんは、浜上さんの存在も知っていたんですね。彼についての絵馬は、何故書かなかったんです?」

威吹への侮蔑を吐き捨てた彼女の様子からして、いの一番に浜上の死を願う絵馬を掛けそうではある。

神奈の問いに、瀬川は即答した。

「だって浜上は、未散を遠くから眺めて、崇めているだけだもの」

まるで、自分もそうしているような口調だった。

「直接には接触して来ないし、そんな度胸もないわ。未散に不快な思いをさせたことは、正直殴ってやりたいけど。でもある意味、浜上の行動って普通の人間の反応なのよ。未散を遠くから眺めて、同じ時間を生きていられることにだけ、ひたすら感謝する。皆、そうするべきなの。それが正しいのよ」

地球上の全ての言語を適当に混ぜた何かを、無理矢理聞かされたような顔で神奈は閉口し、首の後ろを掻いた。

聞いておいて何だが、全く理解できなかった。

見れば、絢緒は不可解な生き物を見るような目だし、陣郎に至っては欠伸を噛み殺そうとして、失敗している。

一方、親友の話を聞かされた周東は、震えが止まらない自分を抱き締め、荒くなった呼吸を必死に整えようとしていた。親友を凝視する瞳までもが、大きく見開かれた目の中で小刻みに揺れている。黒いタイツに包まれた足が、一歩、また一歩と後退る。そんな彼女の様子に、瀬川は不思議そうに目を瞬かせては、間を詰めた。

「未散のこと、何でも知っているなんて言ったから、吃驚させちゃった？　だけど、未散だって酷いのよ。あたし、親友なのに、何にも話してくれないだもん」

「……な、んで、凪沙ちゃん……」

周東の掠れた声は、今にも消え入りそうだ。

「何で、わたしを、呪……」

「あ、勘違いしないで。あたし、未散のこと、大！　大！　大！　大好きよ！」

遮ってまで言い切った瀬川は、親友の自慢をした時のように、ぐっと胸を反らした。

「だから、今まで以上に、未散のこと、いーっぱい！　調べたの。とびきり美人で、ピアノも弾けて、とても頭が良くて、皆にも優しくて、悪いことをするのも格好良い、あたしの大親友。小坂が恋焦がれるのも、浜上みたいな愚劣な蝿が集（たか）るのも、仕方ないわ。神様に愛されているくらいだもん」

「どういう意味です？」

訝しそうに神奈が尋ねた。ここで何故、神が登場するのか。

「あたし、未散が掛けた絵馬を見たの」

『小坂威吹が　死にますように』

そう書かれた絵馬を、瀬川は見たと断言する。周東が何か言おうと口を開いたものの、結局、生唾（なまつば）を飲み込んだだけで終わった。否定さえ出て来なかった。代わりのつもりは全くないが、一応神奈が確認しておく。

「周東さんが書いた絵馬で、間違いなかったんですか？」

「未散の文字を、あたしが間違えるはずないでしょ」

予想通り、瀬川はきっぱりと言い切った。

「持ち帰ろうとしたけど、未散の神様へのお願いだから、その時はやめたの。でもその後、やっぱり欲しくなって、絵馬掛けを探したけど見付からなかった。きっと、神様が未散のお願いを聞き届けてくれたのね」

威吹の死が何よりの証拠だと、瀬川は満足そうに微笑む。

実際は、持ち帰った浜上が実行したにすぎないのだが、彼女の与り知らぬことだ。

「それもあってね、わたし、分かったの」

気恥ずかしそうな声音で、瀬川は少し唇を尖らせる。ちらちらと大好きな親友を窺う様は、拗ねた子供のようだった。

「未散って、何でも持っているんだなぁ、って。狡いわ」

震える周東の左の手を、瀬川は硝子細工に触れるように、そうっと手に取った。恭しく持ち上げ、両掌全体で優しく包み込んだかと思うと、しっかり握り込んでしまう。

錠が落ちる音か。扉が閉まる音か。あるいは、棺桶の蓋が閉じる音かも知れない。

そんな音を、神奈は聞いたような気がした。

だからね、と瀬川は親友に笑いかける。込み上げる嬉しさを堪えられず、可愛らしい微笑みを顔一杯に広げた彼女は、全くの純真無垢に見える。

「一つくらい、失くしたって、良いでしょ?」

立ち竦んだ周東が、不気味さと恐怖が頂点に達したような悲鳴を上げた。引き裂けそうなくらいに目を剥き、喉の奥から訳の分からない声を発している。笑う両膝から、今にも崩れ落ちそうだ。美しい少女の姿は今や、見る影もない。

まるで、鬼女にでも出くわしたような有り様だった。

瀬川が書いた四十体以上の絵馬は、願懸けであり、周東から奪いたいものなのだ。

全ては望まない。何か一つで良いから、完璧な親友から取り上げたい。崇拝のような瀬川の好意は、裏を返せば、絵馬の数だけの嫉妬と恨みだ。

もしかして、と神奈は心中で呟く。

瀬川の告白が威吹への横恋慕のように聞こえたのは、あながち気のせいではないのかも知れない。威吹の存在も、周東から奪いたかったものだったのではないだろうか。瀬川の言う通り、周東への恋心を理由に威吹を目の敵にしていたのなら、周東に執着するストーカーの死を願う絵馬もあっても良いはずなのだ。

「ちょっと、あんた!」

神奈を振り返った周東が、金切り声で叫んだ。血走った目が恐怖でギラ付き、乱れ狂う髪を気にも留めない。なりふり構っていられない様子で、荒げた声をぶつける。

「小坂のいとこ! 拝み屋⁉ 何でも良いわ! わたしを助けなさい!」

「ええぇえ」

げんなりした様子の神奈は面倒臭そうな声で抗議した。しかし周東は耳を貸さず、ヒステリックに喚き立てている。その間も何とか親友の手を振り解こうと、体を捻って腕を振り回したり、蹴りを繰り出したりと、美少女の顔をかなぐり捨てて暴れるが、瀬川はその手を離さない。

「成仏がどうのって言うなら、呪いもどうにかできるでしょ⁉　できるわよね⁉　このわたしが困っているのよ！　このままじゃわたし、破滅しちゃう！　お願い！　何でも良いから、助けなさい！」

お願いと言うくせに、随分と横柄（おうへい）だ。呆れた神奈が反応せずにいると、唇を噛み締めた周東は考え直したらしい。今度はハの字に眉尻を下げ、困ったような視線を投げると、媚び入るような声を絞り出す。

「わ、わたし、困っているの。だから、ね？　助けてくれるわよね？」

「いやだよ」

何の感情もない四文字が、彼女の懐柔を真っ二つに切り捨てた。やれやれ、と神奈はうんざりした顔で嘆息する。

「絵馬を掛けたのに、自分の墓穴（はかあな）を用意しなかった君が悪い。君の分まで用意してくれた親友に、感謝しなよ」

絵馬を掛けた罪悪感に襲われた小坂威吹は、自分の手で自分の墓穴を掘った。そこに横たわる己の骸に重い土をかけたのは、死後の苦しみだ。同じく絵馬を掛けた周東未散は、人殺しに利用するだけで、自分の墓穴を忘れていた。

だから、彼女はこれから身を以って知ることになる。

「ああ、そうだ」

その場を立ち去ろうとした神奈だったが、今思い付いた様子で、足を止めた。羽織を翻して振り返ると、何食わぬ顔で尋ねる。

「瀬川さん。髪を切ってまで、瀬川さんが叶えたいお願いって、何ですか?」

「言ったら、叶わなくなっちゃうかも知れないでしょ?」

「神様の前ですし、他言はしませんよ。それに、もう叶いそうなんでしょう?」

仕方ないわね、と言いつつも、瀬川はどこか嬉しそうに胸を張った。

「わたしのお願いなんて決まっているじゃない。ずぅーっと、未散のそばにいることよ!」

彼女の『ずっと』は、死ぬまでなのか、死んでからもなのか。

絶望し、抵抗を諦めた周東の手を、無邪気な瀬川は握り締めて、決して離さない。

真っ暗な墓穴の中で、親友の二人はきっと、これからも仲良しのまま在り続けるのだ。

濃く深く絡み合った縁は、まかり間違っても切れることはないだろう。

「行ってらっしゃい、奈落の底へ」

神奈は別れの挨拶を口にした。

立ち去ろうとする気配に気付いて、呆然としていた周東の顔が一変する。血の気のない唇は下手糞な似顔絵のように歪み切り、何かを訴えかける目が毒々しく光る。縋り付くような形相は、必死で助けを乞うていた。

死に物狂いの彼女に、神奈は口元に笑みを浮かべ、餞(はなむけ)の言葉を送る。

「これからの生き地獄、どうぞ楽しんで」

玖(く)

それから数日もせず、鳩の御神使と狐の御神使が揃って再び柳屋を襲撃、もとい訪問した。今度はきちんと玄関からの来訪だ。彼らによると、倉稲魂命(うかのみたまのみこと)様は完全に回復し、四月の初めには雨を降らせると張り切っている、とのこと。汗と涙と鼻水まみれで狂喜乱舞した小さいおっさんと、彼を拳で黙らせる鬼の形相の少女は、最早立派な様式美だ。

どうやら、無事に春が来るらしい。

強面の陣郎が分かりにくく愁眉(しゅうび)を開き、空になったお重を受け取った絢緒は、春が楽しみですね、と、四季の移ろいか、はたまた旬の食材についてか、そんな感想を述べていた。

御神使達の訪問から二日後。千切った雲がいくつか浮かぶ、穏やかに晴れた午後だった。

完全防寒の上、コートと闇色の羽織に包まれた神奈は、冬枯れの土手に腰を下ろしていた。顔に吹き付ける川風は相変わらず冷たい。見るともなく見ているのは、目の前のグラウンドだ。赤苑高校サッカー部に飛び入り参加した陣郎が、一緒にボールを追い駆けている。きちんと教わったらしく、ドリブルどころかヘディングもパスもできるようになり、前回より動きが滑らかだ。

「黒丸さんからの伝言です。小坂威吹さんの報告は無事承った、とのことです」

先程、獄卒から連絡があったと、隣に立つ絢緒が報告する。神奈はああ、とも、そう、とも付かない、気のない返事だ。

これから、小坂威吹の地獄での裁判が始まるのだ。

「小坂威吹さんに、全部は伝えなかったのですね」

ややあって、絢緒が口を開いた。

威吹が想いを寄せていた周東未散と、その親友である瀬川凪沙のことに他ならなかった。

「知らぬが仏、っていうだろう。他人のストーカーに殺された上、死んでも想い人を守ろうとしていた死者に、わざわざ追い討ちをかけることもないさ」

助手の顔も見ず、神奈は気怠そうに続ける。

「本当のことを知って失望も後悔もできるのは、立ち直る時間や挽回の機会があるからだ。死んだら、そんなものはないんだよ」

嘘を暴き、明るみに出た真実が、幸福や救済を齎すとは限らない。最悪の事実を知った時、奈落の底に叩き付けられても立ち上がれるのは、生きているからだ。生き続けようと、這い上がろうと、一心不乱に踠いて足掻く。しかし、突然殺された小坂威吹は、そんな時間さえ奪われた。これ以上、絶望させるのは酷だろう。

死者の未練解決と、それに伴う真実の告知。成仏屋が匙加減を誤れば、死者の心は満たされることなく、この世を彷徨い続けることになる。最悪の場合、生者に害を成すものに成り下がってしまいかねない。

「とにかく、威吹君が無事、あの世に逝けて何よりさ」

「その割には、物憂げな顔をしています」

「そうかな」

自覚のない神奈は、ぺたり、と己の掌を頰に押し当てる。当然、分かるはずもない。

新田幸助への呪いが成就しないことは、既に威吹自身に伝えた。それにあの後、匿名の通報により、威吹を刺した浜上順太は、高草木稲荷で拘束されているところを発見され、後に捕まったと、地方紙には小さくあった。冷やかし連中は逃げたらしい。今も浜上一人が、取り調べを受けている。

神奈には、これと言って懸念材料が思い当たらない。はずだ。

「周東未散さんと瀬川凪沙さんのことが原因でしょう」

絢緒が穏やかに断ずる。

「特に周東さんは、己の心配はしても、小坂威吹さんを一顧(いっこ)だにしませんでした。これからも、することはありません。堕ちていくだけです」

だから落ち込むことはない、と彼は言外に滲ませる。それに、と続けた声音は、神奈を憐れんでいるようでもあった。

「呪いは、当事者だけでなく、関わった人間の心も消耗させます。そんな顔をするくらいなら、瀬川凪沙さんの絵馬の存在を、明らかにしなくても良かったのです」

周東が呪われている事実を周東自身に教えたのは、他ならぬ神奈だ。それも、成仏だの拝み屋だの、それらしい単語で自己紹介し、札だらけの羽裏をそれとなく見せることで、自分を、引いては絵馬の呪いを信じさせたのだ。

「君が心配するほど、ボクは影響されていないつもりだよ。だけど、もっと上手く立ち回れなかったか、とは思っている」

気配に気付いて、神奈が首を巡らせると、隣で絢緒が膝を折って屈むところだった。視線を合わせようと、片膝を突く。

「私の性質はご存じのはずでしょう。それほど後悔するなら、あの場は、私が如何ようにでもしましたのに」

物騒な台詞とは裏腹に、優しい声音は何とも魅惑的だった。薄い唇に綺麗な弓なりを描かせて、絢緒は冬の朝のような微笑みを浮かべている。しかし、細めた目の奥で、暗い赤色の瞳孔が鋭く輝いているのが見えた。

きっと、今頼んでも、この助手は、妖の本性のままに、喜んで実行するのだろう。事実、それを待っている雰囲気があった。

「柳の成仏屋が、自分で仕事を増やしてどうするのさ」

きな臭い空気を吹き飛ばすように、神奈はわざとらしいほどの大きな溜息を吐く。

これは彼なりの慰めなのだ。

人間に紛れる絢緒は、当然、人間の規律や倫理も理解して生きているのだが、時々妖としての本性を垣間見せる。何かあれば、彼にとっての得意な手段で力任せに解決しようとする。気持ちは嬉しいのだが、その結果が常識外れの過保護ならまだしも、人の生死まで関わって来るとあっては、こちらも全力で止めるしかない。

絢緒がそうなったのは、上司である神奈が、彼からすれば赤子同然の子供だからだろう。そして一番の理由は、先代の柳屋が死んだからだ。彼はもともと神奈の父の助手だった。

「君が助手になった時、ボクと約束しただろう。人殺しはしない、って」

でも、心配してくれて有り難う、と神奈は苦く笑う。

珍しくも真顔になった絢緒が、これまた珍しく言葉を失ってしまった。そうかと思えば、突然顔を俯かせ、神奈から隠そうとするように右手で覆ってしまう。指の隙間から、決まりの悪そうな顔で、気恥ずかしそうに目を伏せているのが見えた。

「申し訳ありません。約束を反故(ほご)にするつもりはなかったのですが、しくじりました。先程言ったことは、どうか忘れて下さい」

「かなり過激な慰めだったね」

「あ、小坂のいとこさん！」

　神奈が茶化すように笑っていると、グラウンドの端から元気の良い声が聞こえた。これ幸いとばかりに、絢緒は立ち上がる。それを追うことなく、神奈が声のした方に視線を向けると、新田幸助がこちらに向かって大きく手を振っていた。

　陣郎ではなく、神奈のことらしい。威吹の従兄妹だと名乗った嘘は訂正していない。恐らく、その機会もないままだろう。

　汗だくの新田はスポーツタオルを被ったまま、自慢の俊足で土手を駆け上がって来た。こんにちはっす！　と彼は弾けんばかりの笑顔で絢緒にも頭を下げる。黒目勝ちな目で赤茶の髪を弾ませる様は、元気一杯の子犬を連想させた。

「黒滝さんって凄いね！　走るの速いし、教えるとすぐできちゃうし！　しかも上手いんだよ！　ゲームすると、めっちゃ楽しい！」

「それは良かった」

　いまだ体育会系オーラに慣れない神奈に、新田は眩（まぶ）しすぎる。必死に目を瞬かせていると、隣で絢緒がくすくすと小さく笑い声を漏らしていた。

「あ！　そうだ、いとこさん。前に話した周東さん、ノートは返せた？」

　心配そうに尋ねる新田に、神奈はええ、と頷く。

「無事に渡しましたよ。それが何か？」

「周東さん、事件のせいで、いきなり転校しちゃったでしょ？　誰も連絡先を知らなくて、先生達もバタバタしていたくらいだし。急だったみたいだから、いとこさんは間に合ったかな、って。……まあ、引っ越しは、無理もないんだけど」

まだ公になっていないのに、やはり人の口に戸は立てられない。ストーカー行為をしていた浜上順太が、周東未散の護衛をしていた小坂威吹を刺した、という話が赤苑高校を中心に広がっていた。彼の母親やサッカー部員達の心の内は、如何許りだろうか。

気に病んだ周東は欠席が続き、居づらくなったのか、一家で引っ越したらしい、と新田が教えてくれた。

「心機一転、新天地での活躍を願いましょう」

爽やかな笑顔で宣う絢緒を、神奈はじっとりした視線で見やった。

得意になった周東が、浜上に神奈を襲わせた理由を披露していた時、じりじりと殺意に身を焦がしていたのは、この助手だ。近くにいた陣郎の引いた顔が忘れられない。

「そう言えば、転校したのは周東さんだけじゃなくて、同じ学年にもう一人いたんだって。偶然かな」

そうだ！　とそこで新田は、はっとして飛び上がる。

反応が忙しい上に激しいのは、このサッカー部の特徴なのだろうか。

「いとこさん、おれ、夢で小坂に会ったんだよ！　皆、お前を心配してたんだ！　って滅茶苦茶怒ったら、悪かったって、駅でのことも謝ってくれて、今まで有り難うって、小坂のヤツ、頭、下げてた。夢なんて、おれの意識の問題だろうけど、何だか嬉しくって！」

「お流石です、御神使殿」

照れ臭そうに体育会系の謝罪をする威吹の姿が、神奈の目に浮かんだ。

神の眷属なら、夢告げもお手の物だろう。死者を人の夢にお邪魔させるのも、そう難しくないらしい。

何ですか、ときょとんとする新田に、神奈は笑って誤魔化した。

「きっと、本当に威吹君が夢枕に立ったんですよ。彼も、新田さんのことを気にしていたんでしょう。向こうへ旅立つ前に、挨拶に来たんです」

「だよね！　おれ、占いとか良いことしか信じないんだ！　違うかも知れないけど、そう思っておくことにするよ！」

満面の笑顔の新田はぺこりと頭を下げて、グラウンドに戻って行く。それを見送った後、空を見上げた神奈はふと気付いた。

「絢緒。そろそろ、本当に春が来るみたいだよ」

窈窕たる天女が二人、明るい空をふわりふわりと雅やかに舞いながら、柔らかな風に揺られて、ゆっくりと去っていくところだった。春霞のような薄衣を嫋やかに纏っているのは、佐保姫の先立ちだ。彼女達は花の笑みを零して、春を迎える喜びを穏やかに現しては、北へ北へと向かって舞い踊る。眩いばかりに美しい春の先触れだった。

長く苦しい冬を越えて、漸く、春の女神様がお出ましになるらしい。高草木稲荷でも今頃、御祭神が準備運動をしているかも知れない。

ふと、神奈の頭に、御神使達の顔がよぎる。

今度は仕事を抜きにして会いに行こうか。あれだけ稲荷寿司に喜んでいたのだ。絢緒を手伝って、桜餅や草餅を手土産にしたらどうだろう。

そんなことを思いつつ、神奈は春の兆しを見送った。

了

本書は小説投稿サイト・エブリスタに
投稿された作品を加筆・修正したものです。

SH-036

柳屋怪事帖（やなぎやかいじちょう）
迷える魂（まよえるたましい）、成仏（じょうぶつ）させます

2018年6月25日　第一刷発行

著者　光村佳宵（みつむらかしょう）
発行者　日向晶
編集　株式会社メディアソフト
〒110-0016
東京都台東区台東4-27-5
TEL：03-5688-3510（代表）/ FAX：03-5688-3512
http://www.media-soft.biz/
発行　株式会社三交社
〒110-0016
東京都台東区台東4-20-9　大仙柴田ビル2階
TEL：03-5826-4424 / FAX：03-5826-4425
http://www.sanko-sha.com/

印刷　中央精版印刷株式会社
カバーデザイン　大岡喜直（next door design）
組版　松元千春
編集者　長谷川三希子（株式会社メディアソフト）
福谷優季代、菅 彩菜（株式会社メディアソフト）

ISBN 978-4-8155-3507-0

SKYHIGH文庫公式サイト　◀著者＆イラストレーターあとがき公開中！
http://skyhigh.media-soft.jp/